Märchen aus 1001 Nacht

peb
BÜCHEREI

Märchen aus 1001 Nacht

Engelbert-Verlag · Balve/Westf.

ISBN 3 536 00905 0
1. Auflage 1971
Gesamtausstattung: Rolf und Margret Rettich
Die Bearbeitung besorgte Anne Busch

Gebr. Zimmermann, Buchdruckerei und Verlag GmbH,
5983 Balve/Westf., Widukindplatz 2

Satz, Druck und Einband: Gebr. Zimmermann, Balve

Aus der Geschenkausgabe mit gleichem Titel entnommen

Wie die Märchen aus Tausendundeiner Nacht entstanden

In grauer Vorzeit lebte in Samarkand ein König, den man Schahriar den Guten nannte. Weil seine Gemahlin ihn betrogen hatte, verhärtete sich sein Gemüt, und er wurde ein grausamer orientalischer Despot. Von seinem Großwesir ließ er sich jeden Abend ein junges Mädchen bringen und befahl am nächsten Morgen, dem Mädchen den Kopf abzuschlagen. So verfuhr er drei Jahre lang, bis seine Untertanen ihm fluchten, mit ihren Töchtern flohen und der Großwesir in der Stadt kein erwachsenes Mädchen mehr für den Unhold finden konnte.

Nun hatte der Großwesir selber zwei Töchter von wunderbarer Schönheit. Die ältere hieß Scheherasade, die jüngere Dunjasade. Scheherasade hatte viele Bücher und Chroniken mit überlieferten alten Sagen und Märchen gelesen und fleißig gesammelt. In ihr war der Entschluß gereift, die Töchter der Moslems zu retten, und koste es ihr Leben. Deshalb trug sie ihrem Vater den Wunsch vor, dem Herrscher zugeführt zu werden. Der Großwesir war außer sich vor Entsetzen. Er fürchtete die Freude seines Alters zu verlieren. Scheherasade besänftigte ihn: „Mich hat Allah zu seinem Werkzeug auserwählt, den König von seinem Wahn zu befreien. Lange genug hat er meinem Geschlecht die ärgste Schmach angetan."

Seufzend willigte der Großwesir schließlich ein, er schmückte die Tochter bräutlich und begab sich mit ihr zum König Schahriar. Vorher hatte aber Scheherasade der jüngeren Schwester ans Herz gelegt: „Wenn ich beim König bin, werde ich dich holen lassen. Dann sprich zu mir: ‚Schwester, erzähle uns doch eins deiner wunderbaren Märchen.' Wenn Allah will, wird das unsere Rettung sein."

So geschah es. Der König ließ auf Scheherasades Verlangen die Schwester Dunjasade holen, die bald die verabredete Bitte vortrug. Da der König gern Geschichten hörte und gespannt war, was die Tochter seines Großwesirs zu erzählen wußte, sagte er zu Scheherasade: „Ich höre."

Scheherasade jauchzte innerlich und begann zu erzählen. Ihre Geschichte war so schön und die Worte perlten ihr so anmutig von den Lippen, daß der König nicht aufhören konnte, ihr zu lauschen, ohne zu merken, wie die Zeit verstrich. Die kluge Erzählerin aber wußte es so einzurichten, daß sie, als das Morgenlicht dämmerte, den Schluß des Märchens auf die nächste

Nacht hinausschob. In der zweiten Nacht hörte Schahriar wohl den Schluß des ersten Märchens, aber Scheherasade war so schlau, sofort den Anfang eines neuen Märchens einzuflechten, so daß der König nicht aufhören wollte, ihr zuzuhören. Eine Nacht nach der anderen verging. Der König gewann die reizende Erzählerin immer mehr lieb, sein verstocktes Herz wandelte sich, und er bereute seine Grausamkeiten. Schließlich faßte er den Entschluß, die anmutige und kluge Erzählerin zu seiner Königin zu erheben.

Tausend und eine Nacht hatte Scheherasade den König mit ihren Geschichten erfreut. Die schönsten von ihnen sind in diesem Buch aufgezeichnet.

Aladdin und die Wunderlampe

In einer Stadt Chinas lebte ein armer Schneider, der einen Sohn namens Aladdin hatte. Dieser Knabe zeigte von Kindesbeinen an besondere Eigenschaften. Da aber sein Vater zu arm war, um ihn ein Handwerk, eine Wissenschaft oder sonst einen Beruf lernen zu lassen, nahm er ihn in seine Werkstatt, um ihm das Schneiderhandwerk beizubringen. Dem Knaben war das jedoch zu langweilig. Er spielte lieber mit den Gassenbuben. Sobald sein Vater das Haus verlassen hatte, lief er fort und suchte mit den anderen Bengeln seines Schlages die Gärten auf.

So trieb er es, bis sein Vater aus Gram und Kummer krank wurde und starb. Auch danach änderte sich Aladdin nicht. Als seine Mutter sah, daß ihr Sohn ein Nichtsnutz blieb, verkaufte sie den Laden samt allem, was sie darin fand, und legte sich aufs Spinnen von Baumwolle, wodurch sie ihren Lebensunterhalt und den Aladdins bestritt, während dieser fortfuhr, in seinen Träumen zu leben, und nur noch zur Essenszeit nach Hause kam.

Aladdin war fünfzehn Jahre alt, als eines Tages ein Derwisch aus Maghrib, dem Land der Zauberer, in den Ort kam. Er blieb bei den Knaben stehen, die auf der Straße spielten, und faßte besonders Aladdin scharf ins Auge. Der Zauberer erkannte, daß dies der Bursche war, um dessentwillen er sich auf die Reise begeben hatte. Er trat an Aladdin heran, nahm ihn abseits und sprach zu ihm: „Bist du nicht der Sohn eines Schneiders?" Aladdin versetzte: „Jawohl, mein Herr, mein Vater ist jedoch bereits gestorben." Als der Zauberer dies vernahm, umarmte er Aladdin, küßte ihn weinend und sagte: „Mein Sohn, ich habe nun niemanden mehr zu trösten als dich." Dann gab er ihm zehn Dinare mit den Worten: „Mein Sohn, nimm dieses Geld und gib es deiner Mutter; bestelle ihr einen Gruß von mir und sage ihr, daß dein Oheim aus der Fremde heimgekehrt ist. So Allah es will, komme ich morgen zu euch, um die Mutter zu begrüßen und das Haus zu schauen, in dem mein Bruder wohnte, und auch die Stätte zu besuchen, an der er begraben ist."

Hierauf küßte Aladdin dem Maghribiten die Hand und eilte vor Freude spornstreichs zu seiner Mutter. Er trat fröhlich bei ihr ein und sagte: „Meine Mutter, ich bringe dir die frohe Kunde von der Heimkehr meines Oheims aus der Fremde; er läßt dich grüßen." Da versetzte sie: „Mein Sohn, du hältst mich wohl zum Narren. Ich weiß wohl, daß du einen Oheim hattest, doch er ist gestorben, und ich weiß nichts von einem anderen."

Am anderen Morgen pochte es an die Tür, worauf Aladdin hinausging und öffnete. Siehe, da war es der maghribitische Zauberer, begleitet von einem Eunuchen, der Wein und Obst trug. Nachdem Aladdin sie hereingelassen hatte, ging der Eunuch wieder seines Weges, der Maghribite aber trat herein und begrüßte Aladdins Mutter.

Dann setzte er sich und sagte zu ihr: „O Weib meines Bruders, laß dich's nicht wundern, daß du mich zu Lebzeiten meines seligen Bruders nicht kennengelernt hast. Vor vierzig Jahren verließ ich diese Stadt und zog in die Fremde. Ich reiste zunächst nach den Ländern Hind und Sind und durchzog ganz Arabien, worauf ich meinen Weg nach Ägypten nahm und mich in der prächtigen Stadt niederließ, die ein Wunder der Welt ist. Nachdem ich dort geraume Zeit gewohnt hatte, zog

ich weiter nach dem inneren Maghrib und weilte dreißig Jahre lang in jenem Land. Sooft ich aber, o Weib meines Bruders, an mein Land, meine Heimat und meinen Bruder dachte, überwältigte mich die Sehnsucht. Sie ließ mir keine Ruhe mehr, bis ich mich entschloß, in meine Heimat zu reisen, um meinen Bruder noch einmal zu schauen. So brach ich auf, und der Herr, der Mächtige und Herrliche, beschützte mich. Nach vieler Drangsal und Beschwerde gelangte ich in diese Stadt. Als ich nun durch ihre Straßen wanderte, sah ich Aladdin, den Sohn meines Bruders, mit den Knaben spielen, und, beim großen Gott, o Weib meines Bruders, als ich ihn erblickte, sagte mein Herz mir, daß es meines Bruders Sohn sei. Bei seinem Anblick waren Mühe und Kummer vergessen, und ich wäre vor Freude beinahe geflogen. Als er mir jedoch sagte, mein seliger Bruder sei zur Barmherzigkeit Gottes, des Erhabenen, abgeschieden, packten mich Gram und Kummer. Jedoch tröstete ich mich bei dem Anblick von Aladdin, den der Selige hinterließ; denn wer hinterläßt, ist nicht tot."

Um die Frau mit seiner List gänzlich zu fangen, wendete er sich zu Aladdin und sprach zu ihm: „Mein Sohn, schau um dich, mehr Lehrmeister als in unserer Stadt gibt es gottlob nirgendwo. Erwähle dir daher das Handwerk, das dir gefällt, damit ich dich darin unterbringe. Sollte deines Vaters Handwerk nicht nach deinem Geschmack sein, so suche dir ein anderes aus, das dir gefällt. Laß mich's wissen, damit ich dir mit allem, was in meinen Kräften steht, behilflich sein kann, mein Sohn."

Da nun aber Aladdin ihm nichts auf den Vorschlag antwortete, sagte der Maghribite: „O Sohn meines Bruders, wenn es so ist, daß du kein Handwerk lernen willst, so will ich dir einen Kaufladen mit den kostbarsten Stoffen auftun, und du sollst unter dem Volk bekannt werden und nehmen und geben und kaufen und verkaufen und in der Stadt berühmt werden."

Darüber freute Aladdin sich mächtig und schaute den Maghribiten lächelnd an. Der Zauberer, über Aladdins

Lachen erfreut, sagte: „Wenn du damit zufrieden bist, daß ich dich zum Chwadscha mache und dir einen Laden auftue, nehme ich dich zunächst auf den Basar mit und lasse dir einen feinen Anzug zuschneiden, wie ihn die Kaufleute tragen. Alsdann suche ich dir einen Laden aus."

Aladdins Mutter hatte noch immer daran gezweifelt, daß der Maghribite ihr Schwager sei. Da er nun aber ihrem Sohn so viel Gutes versprach, glaubte sie, daß dieser Maghribite wahrhaftig ihr Schwager sein müsse, denn ein Fremder würde dies alles für ihren Sohn doch gewiß nicht tun. Infolgedessen ermahnte sie Aladdin, seinem Oheim stets Gehorsam zu leisten, als wäre er sein Vater, und die Zeit, die er mit den Taugenichtsen verbummelt hätte, wieder einzubringen. Dann trug sie das Essen auf den Tisch. Alle aßen und tranken, während der Maghribite über Aladdins Zukunft redete, so daß dieser vor Freude die ganze Nacht über nicht schlafen konnte.

Am anderen Morgen pochte der Fremde wieder an die Tür. Aladdins Mutter öffnete ihm, doch wollte er nicht eintreten, sondern verlangte nach Aladdin, um ihn mit sich zu nehmen. Aladdin ging zu seinem Oheim hinaus, wünschte ihm guten Morgen und küßte ihm die Hand, worauf ihn der Maghribite bei der Hand nahm und mit ihm auf den Basar ging. Hier trat er in einen Zeugladen mit kostbarer Kleidung und verlangte einen vornehmen Anzug. Da holte der Kaufmann das Gewünschte fix und fertig genäht hervor. Dann sagte der Maghribite zu Aladdin: „Suche dir weiter aus, mein Sohn, was dir gefällt." Aladdin wählte sich nach seinem Geschmack aus, was ihm am besten gefiel, und der

Maghribite bezahlte dem Kaufmann sofort den Preis für die Sachen. Darauf verließ er den Laden und führte Aladdin ins Bad.

Nachdem Aladdin gebadet und sich in den neuen Anzug gekleidet hatte, nahm der Maghribite ihn bei der Hand, und während sie gemeinsam gingen, sagte er zu Aladdin: „O Sohn meines Bruders, heute will ich dir etwas zeigen, was du in deinem Leben noch nicht gesehen hast." Er wanderte mit Aladdin zum Stadttor hinaus und zeigte ihm die prächtigen Lustplätze und die stolz emporragenden Paläste. Schließlich gelangten sie an das Ziel des mahgribitischen Zauberers. Dort sagte der Maghribite zu Aladdin: „O Sohn meines Bruders, setze dich und ruhe dich aus, denn dies ist die Stelle, zu der wir gehen wollten. Ich werde dir merkwürdige Dinge zeigen, die niemand in aller Welt jemals gesehen hat. Hast du dich ausgeruht, dann suche Holzstücke und kurzes, dürres Reisig. Zünde damit ein Feuer an, und ich will dich Wunderdinge schauen lassen." Als Aladdin dies vernahm, war alle Müdigkeit vergessen. Bald brannte das Feuer.

Der Zauberer holte aus seiner Tasche ein kostbares Gefäß, tat Weihrauch in die Flammen und sprach Zauberformeln mit unverständlichen Worten. Alsbald verfinsterte sich der Himmel, die Erde spaltete sich unter Beben und Donnern. Erschrocken und von Entsetzen gepackt, wollte Aladdin fortlaufen; als der maghribitische Zauberer dies bemerkte, ergrimmte er gewaltig, da ohne Aladdin sein Vorhaben vergeblich wäre. Denn der Schatz, den er heben wollte, würde sich nur durch diesen Knaben öffnen lassen. Er versetzte ihm einen Schlag aufs Haupt, so daß Aladdin besinnungslos zu

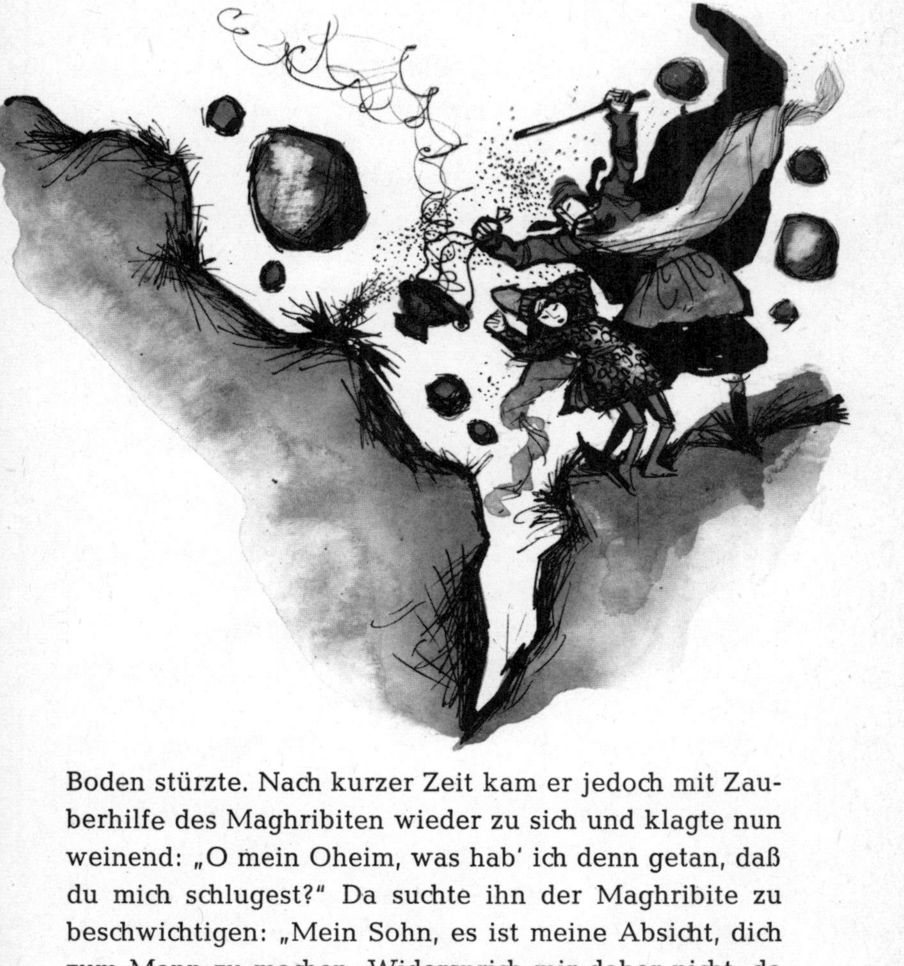

Boden stürzte. Nach kurzer Zeit kam er jedoch mit Zauberhilfe des Maghribiten wieder zu sich und klagte nun weinend: „O mein Oheim, was hab' ich denn getan, daß du mich schlugest?" Da suchte ihn der Maghribite zu beschwichtigen: „Mein Sohn, es ist meine Absicht, dich zum Mann zu machen. Widersprich mir daher nicht, da ich dein Oheim bin und Vaterstelle bei dir einnehme. Gehorche meinen Befehlen, denn binnen kurzem wirst du all diese Drangsal und Mühe vergessen haben, wenn du die Wunderdinge schaust."

In dem Spalt, der sich vor dem Zauberer geöffnet hatte, wurde ein marmorner Stein mit einem Ring aus Messing sichtbar. Der Maghribite streute Sand darauf und wendete sich an Aladdin: „Wenn du alles tust, was ich dich heiße, sollst du reicher als alle Könige werden. Unter dem Stein mit dem Ring liegt ein Schatz. Stecke deine Hand in den Ring und hebe die Platte, denn niemand außer dir vermag sie zu heben, und du allein kannst deinen Fuß in den Hort hineinsetzen, da er für dich aufbewahrt ist. Jedoch mußt du auf alles, was ich dich lehre, hören und darfst dir keine Silbe meiner Worte entgehen lassen. Alles dies, mein Kind, ist zu deinem Besten, denn dies ist ein gewaltiger Schatz, wie die Könige der Welt nicht seinesgleichen besitzen. Er ist für dich und mich bestimmt."

Aladdin tat, wie ihm der Maghribite geheißen hatte. Er hob die Platte mit Leichtigkeit und warf sie beiseite. Unter ihr wurde ein Gewölbe sichtbar, zu dem man auf einer Treppe von zwölf Stufen hinunterstieg.

Der Maghribite sagte: „O Aladdin, nimm deine fünf Sinne zusammen. Steig mit aller Vorsicht in jenes Gewölbe hinunter, bis du auf seinen Grund gelangst. Dort wirst du in jedem von vier Räumen vier Krüge aus Gold und andere aus Gold und Silber gewahren. Hüte dich jedoch, sie anzurühren! Im vierten Raum wirst du eine Tür finden; öffne sie. Durch sie gelangst du in einen Garten mit Fruchtbäumen und dann zu einer Halle, in der sich eine Leiter mit dreißig Stufen befindet. An der Decke der Halle hängt eine Lampe. Nimm die Lampe und stecke sie zu dir. Auf deinem Rückweg magst du dann von den Bäumen pflücken, was dir beliebt, denn es gehört dir, solange die Lampe in deiner Hand ist."

Der Maghribite zog einen Siegelring von seinem Finger und steckte ihn an Aladdins Finger. Dazu sagte er: „Mein Sohn, dieser Siegelring wird dich vor allem Schaden bewahren, jedoch nur unter der Bedingung, daß du alles, was ich dir sagte, beachtest. Erhebe dich nun, steige beherzt hinunter und fürchte dich nicht, denn du bist jetzt ein Mann und kein Kind mehr. Du wirst einen gewaltigen Schatz gewinnen und der reichste Mensch auf der Welt werden."

Da erhob sich Aladdin und stieg in das Gewölbe hinunter, wo er die vier Räume und in jedem vier goldene Krüge fand. Er schritt jedoch, wie der Maghribite es ihn geheißen hatte, an ihnen vorüber und gelangte in den Garten und dann in die Halle. Dort stieg er die Leiter hinauf und nahm die Lampe herunter. Er löschte sie und steckte sie in seine Kleidung. Alsdann betrat er den Garten, in dem Vögel mit ihrem Gesang den erhabenen Schöpfer lobpreisten.

Als er zwischen den Bäumen umherspazierte, sah er, daß sie statt gewöhnlicher Früchte große Edelsteine wie Smaragde, Diamanten, Hyazinthe, Perlen und dergleichen Juwelen trugen. Da Aladdin solche Kostbarkeiten nicht kannte, glaubte er, sie seien Glas, und steckte davon in seine Brusttasche, um zu Hause mit ihnen zu spielen. Er stopfte auch seinen Gurt voll und lud sich so viel auf, wie er nur zu tragen vermochte. Hierauf eilte er zurück. Er beachtete auch jetzt nicht die goldenen Krüge, wiewohl es ihm bei seiner Rückkehr freistand, aus ihnen zu nehmen, soviel er wollte. Er stieg die Treppe empor bis zur letzten Stufe, die höher als die anderen war, so daß er sie mit seiner Last nicht allein ersteigen konnte. Darum bat er den Maghribiten: „O mein Oheim, reich mir die Hand und hilf mir hinauf."

Der Maghribite erwiderte ihm: „Mein Sohn, gib mir die Lampe und erleichtere deine Last; vielleicht ist's das, was dich so beschwert."

Aladdin aber konnte mit der Hand nicht zur Lampe kommen, da er sie tief in seine Kleider gesteckt und die Taschen darüber mit Edelsteinen vollgepfropft hatte. Als nun der Maghribite trotz allen Drängens die Lampe nicht erhielt, verlor er in seiner rasenden Wut alle Hoffnung, die Lampe von Aladdin zu bekommen. Er begann Schwur- und Zauberformeln zu sprechen und warf Räucherwerk ins Feuer, worauf sich die Steinplatte von selbst durch die Kraft des Zaubers über die Öffnung legte und Erde die Platte wie zuvor bedeckte, so daß Aladdin unten gefangen blieb. Der Zauberer wollte Aladdin nicht wieder aus dem Gewölbe lassen, damit auch die Lampe unter der Erde bliebe. Hierauf zog er seines Weges und kehrte niedergeschlagen und in seiner Hoffnung getäuscht nach Mauretanien in Afrika zurück.

Nachdem sich über Aladdin die Erde geschlossen hatte, fing er an zu schreien, sein vermeintlicher Oheim, der Maghribite, möge ihm die Hand reichen und ihn aus dem Gewölbe an die Oberfläche der Erde ziehen. Als er jedoch keine Antwort erhielt, verlor er alle Hoffnung. Er tappte umher, weinte und jammerte und setzte sich schließlich wieder auf die Stufen der Treppe, auf der er zuvor ins Gewölbe hinabgestiegen war.

Plötzlich fiel ihm der Ring ein, den der Zauberer ihm mit den Worten an den Finger gesteckt hatte: „Dieser Ring wird dich aus aller Not retten, so du in Unglück oder Mißgeschick gerätst; er wird alle Gefahren von dir abwenden und dir überall helfen."

Er rieb an dem Siegelring, und sofort stand ein Sklave vor ihm und sprach: „Zu Diensten! Hier stehe ich vor dir; sage, was du begehrst, denn ich bin der Sklave dessen, der den Ring an der Hand trägt, den Ring meines Herrn." In mächtiger Freude raffte Aladdin seinen Mut zusammen und sprach:

„O Sklave des Herrn des Ringes, ich wünsche, daß du mich an die Oberfläche der Erde bringst."

Sogleich spaltete sich die Erde, und er befand sich am Eingang zum Schatz, draußen im Freien. Da er aber lange unter der Erde in der Finsternis gesessen hatte und ihn nun das Tageslicht und der Glanz der Sonne ins Gesicht trafen, vermochte er seine Augen nicht zu öffnen, sondern blinzelte, die Lider öffnend und wieder schließend, bis seine Augen sich an das Licht gewöhnt hatten. Dann öffnete er sie weit und freute sich mächtig, als er sich wieder auf der Erdoberfläche sah, dort, wo das Feuer gebrannt und wo der maghribitische Zauberer seine Beschwörungen gesprochen hatte. Als er nun auch die Gärten in der Ferne erblickte und den Weg erkannte, auf dem er gekommen war, dankte er Gott, dem Erhabenen, daß er ihn vor dem Tode errettet hatte. Dann machte er sich auf den Heimweg. Als er seine Mutter erblickte, stürzte er in seiner großen Freude über seine Errettung vor ihr nieder und sank infolge der Furcht und Drangsale, die er erlitten hatte, und im Übermaß seiner Freude und seines Hungers in einen ohnmachtähnlichen Schlaf.

Er erwachte erst wieder am anderen Tag kurz vor Mittag. Da er hungrig war, verlangte er etwas zu essen. Seine Mutter erwiderte ihm: „Mein Kind, ich habe nichts Eßbares mehr; das, was ich besaß, hast du gestern gegessen. Warte jedoch ein Weilchen, ich habe ein wenig Garn, das ich auf dem Basar verkaufen will. Für den Erlös werde ich dir dann etwas zum Essen kaufen."

Aladdin versetzte: „Meine Mutter, behalte das Garn und verkaufe es nicht; gib mir die Lampe, die ich brachte, sie werde ich verkaufen. Ich glaube, die Lampe wird mehr Geld einbringen als das Garn." Die Mutter brachte die Lampe; als sie jedoch sah, daß sie schmutzig war, nahm sie etwas Sand, um die Lampe zu reinigen. Doch kaum hatte sie sie ein wenig gerieben, als mit einem Male ein Dschinni, ein Dämon, mit entsetzlichem

Gesicht und breiter Gestalt gleich einem alten Recken erschien und zu ihr sprach: „Sag, was du begehrst; hier bin ich, der Sklave dessen, der die Lampe in seiner Hand hält."

Aladdins Mutter entsetzte sich angesichts der furchterregenden Gestalt. Aladdin hatte jedoch bereits den Dschinni des Ringes gesehen, als er den Ring in der Schatzkammer gerieben hatte. Er eilte, als er den Dschinni zu seiner Mutter sprechen hörte, schnell hinzu, riß ihr die Lampe aus der Hand und sprach zu ihm: „O Sklave der Lampe, ich bin hungrig und wünsche, daß du mir Essen bringst; es muß jedoch etwas außergewöhnlich Schmackhaftes sein."

Da verschwand der Dschinni und brachte nach kurzer Zeit eine prächtige Platte aus reinem Silber, auf der zwölf goldene Teller mit allerlei köstlichen Gerichten standen, nebst zwei silbernen Bechern und zwei Flaschen voll von geklärtem altem Wein. Als Aladdins Mutter die kostbare silberne Platte gewahrte, verwunderte sie sich und fragte: „Mein Sohn, wer ist dieser Freigebige, der unserem Hunger und unserer Armut abgeholfen hat?" Aladdin erwiderte: „Meine Mutter, jetzt ist nicht Zeit zu fragen; steh auf und laß uns essen."

Nach dem ausgiebigen Mahl, von dem ihnen noch genug zum Abendessen und für den folgenden Tag übriggeblieben war, erhoben sie sich und wuschen sich die Hände. Dann erzählte Aladdin sein Abenteuer. Die Mutter wurde erneut von Furcht und Schrecken erfaßt, und sie bat: „Mein Sohn, bei der Milch, mit der ich dich gesäugt habe, bitte ich dich, werfe die Lampe und den Siegelring fort. Ich könnte es nicht ertragen, den schrecklichen Dschinni noch einmal zu sehen. Überdies ist uns der Verkehr mit den Dschinn verwehrt, denn der Prophet warnte vor ihnen."

Aladdin entgegnete: „Meine Mutter, ich gehorche deinen Befehlen sonst gern, aber diesmal nicht. Ich kann die Lampe und den Ring nicht missen. Der Maghribite, der Lügner und Zauberer, verlangte weder Gold noch Silber aus dem Schatzgewölbe, sondern schärfte mir allein ein, ihm die Lampe zu bringen. Sie muß also sehr wertvoll sein. Es ist daher unsere Pflicht, sie aufzubewahren und sie zu hüten, da sie uns Brot und Reichtum bringt. Wir dürfen sie niemandem zeigen. Was den Ring anlangt, so ist mir's gleichfalls unmöglich, ihn von meinem Finger zu ziehen. Ohne diesen Ring hättest du mich nicht mehr lebendig wiedergesehen. Wer weiß, aus welchen Nöten mich dieser Ring noch erretten wird? Aus Rücksicht auf dich will ich jedoch die Lampe fortstellen, damit du sie nie wieder zu sehen bekommst."

Hierauf aßen Aladdin und seine Mutter zwei Tage lang von der Speise, die der Dschinni gebracht hatte, bis sie alles verzehrt hatten. Dann nahm Aladdin einen der Teller von der Platte unter seine Kleider und ging zu dem Laden eines Juweliers, eines aufrichtigen und frommen Mannes, der Gott fürchtete. Als der alte Mann Aladdin gewahrte, sprach er zu ihm: „Mein Sohn, was ist dein Begehr? Wenn du etwas zum Verkauf bei dir hast, so zeige es mir ohne Furcht, ich will dir den ehrlichen Preis dafür zahlen, so wahr Gott lebt, der Erhabene."

Da zeigte Aladdin dem Scheich den goldenen Teller. Der Juwelier nahm ihn, wog ihn auf der Waage und zählte siebzig Dinare auf, wofür Aladdin sich herzlich bedankte.

Sooft ihm das Geld, das er für einen Teller erhalten hatte, ausging, brachte er dem Juwelier einen anderen; und so lebten Aladdin und seine Mutter ohne Sorgen. Aladdin pflegte weiter den Umgang mit Juwelieren und Goldschmieden. Er besah sich die ausgelegten Juwelen und beobachtete ihren Verkauf, und er erkannte, daß die beiden Beutel, die er mit den Früchten der Bäume im unterirdischen Schatzgewölbe angefüllt hatte, nicht Glas oder Kristall, sondern Juwelen enthielten.

Eines Tages, als er wieder zu den Basaren der Juweliere ging, hörte er einen Herold ausrufen: „Auf Befehl unseres gnädigen Herrn, des Königs der Zeit und Herrn des Jahrhunderts, verschließe ein jeder seine Magazine und Läden und gehe in sein Haus, da die Herrin Bedr el-Budur, die Vollmondgleiche, die Tochter des Sultans, ins Bad gehen will. Jeder, der sich dem Befehl widersetzt, soll mit dem Tode bestraft werden, und sein Blut soll auf sein Haupt kommen."

Als Aladdin diese Ankündigung vernahm, faßte ihn ein Verlangen, die Tochter des Sultans zu schauen. Er stellte sich hinter die Tür des Bades, wo ihn niemand gewahren konnte.

Nachdem nun die Prinzessin in der Stadt umhergestreift war, kam sie zum Bad und lüftete beim Eintritt ihren Gesichtsschleier. Da erstrahlte ihr Gesicht wie die leuchtende Sonne. Bei ihrem Anblick verwirrten sich Aladdins Gedanken, sein Blick war geblendet, und die Liebe zu ihr erfüllte sein ganzes Herz. Wie betäubt kehrte er heim, erzählte seiner Mutter sein Erlebnis und sagte zu ihr: „Ich sah die Herrin Bedr el-Budur leibhaftig, denn als sie zur Tür des Bades gelangte, lüftete sie den Schleier. Ihr Anblick, o Mutter, hat mich jäh mit Liebesweh erfaßt, die Sehnsucht nach ihr brennt in meinen Gliedern, so daß ich keine Ruhe mehr finde, wenn ich sie nicht gewinne. Ich beabsichtige deshalb, mich um sie bei ihrem Vater, dem Sultan, nach Sunna und Gebet zu bewerben."

Als Aladdins Mutter seine Worte vernahm, sagte sie zu ihm: „O mein Sohn, bei meinem Leben, sprich nicht solche Worte, damit sie nicht jemand hört und von dir sagt, du seiest verrückt. Sollten deine Worte aber wirklich ernst gemeint sein, so weiß ich nicht, wie du es anstellen willst, solch ein Verlangen dem Sultan vorzutragen, oder durch wen du deine Bewerbung überbringen willst."

Aladdin versetzte: „Durch wen anders als dich, meine Mutter, wer ist denn zuverlässiger als du? Ich wünsche, daß du selber zum Sultan gehst und dieses Gesuch für mich vorbringst."

Da erwiderte sie: „Mein Kind, schlag dir diesen Gedanken aus dem Sinn und bedenke, wessen Sohn du bist: des ärmsten und geringsten Schneiders dieser Stadt. Wie wolltest du dich da vermessen und dich um die Tochter des Sultans bewerben! Und selbst, gesetzt den Fall, ich erlangte Zutritt zum Sultan, was für ein Geschenk soll ich für des Sultans Majestät mitnehmen? Denn wer zum Sultan geht und eine Hulderweisung von ihm verlangt, der muß in seine Hand etwas legen, was seiner Majestät geziemt. Wie könntest du es demnach wagen, vor den Sultan zu treten und seine Tochter von ihm zu verlangen, wo du doch kein passendes Geschenk für ihn besitzest?"

Aladdin antwortete: „Meine Mutter, du hast mit deinen Worten das Rechte getroffen, und es geziemt mir, alles, woran du mich erinnert hast, zu erwägen. Jedoch, o meine Mutter, die Liebe zur Tochter des Sultans, der Herrin Bedr el-Budur, ist tief in mein Herz eingedrungen, und ich finde keine Ruhe mehr, wenn ich sie nicht gewinne. Außerdem hast du mich an etwas erinnert, was ich bereits vergessen hatte, und das gerade gibt mir den Mut, mich um die Tochter des Sultans zu bewerben. Du fragtest mich, meine Mutter, was für ein Geschenk ich dem Sultan nach der üblichen Sitte zu überbringen hätte. Nun aber besitze ich ein Geschenk, wie es, glaube ich, selbst Könige nicht besitzen. Was ich nämlich früher für Glas hielt, sind Edelsteine, und ich glaube, daß der König keinen einzigen Edelstein hat, der ihnen gleichkäme. Durch meinen Umgang mit den Juwelieren erkannte ich, daß die Früchte, die ich in meinen Taschen aus dem unterirdischen Schatzgewölbe mitbrachte, kostbare Juwelen sind. Steh auf und hole die Porzellanschüssel, die wir im Hause haben, damit ich sie mit den Juwelen anfülle; trag sie dann als Geschenk zum Sultan, und ich bin überzeugt, daß du Erfolg haben wirst, wenn du von ihm verlangst, was ich begehre."

Da erhob sich Aladdins Mutter und holte die Porzellanschüssel, die Aladdin mit Edelsteinen aller Sorten aus den Beuteln füllte. Als seine Mutter in die Schüssel blickte, mußte sie, geblendet von dem Glanz der Edelsteine, mit den Augen zwinkern. Aladdin sagte: „Du siehst, meine Mutter, daß dieses für den Sultan bestimmte Geschenk prächtig ist, und ich bin überzeugt, daß es dir hohe Ehre bei ihm eintragen und er dich mit aller Hochachtung aufnehmen wird. Und nun sei so gut und trage diese Schüssel zum Serail."

Der Mutter gelang es tatsächlich, in den großen Audienzsaal zu kommen. Als sie betrübt und ermüdet vor dem Sultan stand, schaute er sie verwundert an und sprach zu ihr: „O Frau, wenn du ein Anliegen hast, so sag es mir, damit ich es dir erfüllen kann." Da küßte Aladdins Mutter den Boden vor ihm, segnete ihn und sprach: „Ja, fürwahr, bei deines Hauptes Leben, o König der Zeit, ich habe ein Anliegen; vor allen Dingen gewähre mir jedoch die Gnade, meine Sache allein vor den Ohren unseres Herrn Sultans hören zu lassen." Der Sultan, ein sehr gütiger Herr, befahl allen Anwesenden, hinauszugehen, so daß nur er und der Großwesir bei der Frau zurückblieben.

Alsdann sagte sie: „O Herr Sultan, siehe, ich habe

einen Sohn namens Aladdin, der eines Tages den Ausrufer ankündigen hörte, daß die Herrin Bedr el-Budur, die Tochter unseres Herrn Sultans, ins Bad ginge. Seit der Stunde, da mein Sohn sie erblickte, o König der Zeit, ist ihm das Leben keine Freude gewesen, und er verlangt von mir, daß ich für sie anhalte. Ich habe ihm diesen Gedanken nicht aus dem Sinn schlagen können. Und nun hoffe ich, daß deine Glückseligkeit in ihrer Milde mir und meinem Sohn diese Unverschämtheit vergeben und uns hierfür nicht strafen wird."

Bei dieser Geschichte fing der König in seiner Güte an zu lachen und fragte sie: „Was ist das, was du da bei dir hast, was ist das für ein Bündel?"

Als aber Aladdins Mutter sah, daß der Sultan lachte, anstatt über ihre Worte sich zu erzürnen, öffnete sie das Tuch und hielt ihm die Schüssel mit den Juwelen hin. In dem Augenblick schien es, als sei der Diwan von

Lüstern oder Kandelabern erleuchtet, so daß der Sultan, geblendet und verwirrt von ihrem Glanz, sich über ihre Pracht, Größe und Schönheit verwunderte und rief: „Bisher schaute ich niemals Juwelen, so schön und groß und prächtig wie diese, und ich glaube, daß in meinen Schatzkammern kein einziger Edelstein gleich diesen gefunden wird." Alsdann wandte er sich zu seinem Wesir und sprach zu ihm: „Was meinst du, Wesir? Hast du wohl in deinem Leben so prachtvolle Juwelen gesehen?"

Der Wesir versetzte: „Nimmer sah ich dergleichen, und ich glaube auch nicht, daß sich in den Schatzkammern meines Herrn Königs einer findet, der auch nur dem kleinsten von ihnen gliche."

Hierauf sagte der König zu ihm: „Verdient nicht der, welcher mir diese Juwelen schenkt, der Bräutigam meiner Tochter Bedr el-Budur zu werden? Soweit ich sehe, scheint niemand mir ihrer würdiger."

Als der Wesir des Sultans Worte vernahm, war ihm die Zunge vor Kummer und Neid zunächst wie gelähmt, weil der König ihm versprochen hatte, seine Tochter mit seinem Sohn zu vermählen. Er sagte sich: Wie, soll dieser Schneidersohn die Tochter des Sultans heiraten und mein Sohn dieser Ehre verlustig gehen? Deshalb erwiderte er nach kurzer Zeit: „O mein Herr, es ist ein leichtes Ding, diesen hergelaufenen Menschen abzuwehren; deiner Glückseligkeit steht es nicht an, deine Tochter einem Manne zu geben, von dem wir nicht wissen, was er ist."

Der Sultan versetzte: „Auf welche Weise sollen wir ihn abwehren?"

Da sagte der Wesir: „Mein Sultan, mein Rat geht dahin, daß du von ihm vierzig Schüsseln aus feinstem Gold verlangst, voll von solchen Juwelen, wie dir die Frau brachte, nebst vierzig Sklavinnen, die die Schüsseln tragen, und vierzig Sklaven." Der Sultan erwiderte: „Bei Gott, o Wesir, du hast recht gesprochen; dies ist ihm unmöglich, und auf diese Weise sind wir ihn los."

Hierauf sagte er zu Aladdins Mutter: „Geh fort und sag deinem Sohn, er solle als Brautgabe für meine Tochter vierzig Schüsseln aus lauterem Gold beschaffen, die alle voll von solchen Edelsteinen sein müssen, wie du sie mir brachtest, und dazu fordere ich vierzig Sklavinnen, die sie tragen, und vierzig Sklaven zu ihrer Bedienung. Wenn dein Sohn diese Brautgabe beschaffen kann, so vermähle ich ihn mit meiner Tochter."

Da kehrte Aladdins Mutter kopfschüttelnd heim. Sie überlegte: Gesetzt den Fall, er könnte sich die Juwelen und die Schüsseln beschaffen, wie aber sollte er zu den Sklavinnen und den Sklaven kommen? In dieser Weise redete seine Mutter bei sich, bis sie zu ihrem Haus gelangte, wo Aladdin sie erwartete.

Als er den Bericht seiner Mutter vernommen hatte, lachte er und sprach zu ihr: „O meine Mutter, du sagst, daß wir für ihn keine Antwort haben, und hältst die Sache für sehr schwer. Der Sultan wähnt wie du, er habe etwas Gewaltiges verlangt, um mich von der Herrin Bedr el-Budur fernzuhalten; die Tatsache ist jedoch, daß er etwas viel Leichteres von mir verlangt, als ich dachte."

Aladdin begab sich in sein Gemach. Dort holte er die Lampe hervor und rieb; sofort erschien der Dschinni vor ihm und rief: „Sage, mein Herr, was du begehrst."

Aladdin antwortete: „Ich verlangte des Sultans Tochter zur Frau, und der Sultan verlangt von mir vierzig Schüsseln aus lauterem Gold, eine jede Schüssel im Gewicht von zehn Pfund und voll von den Edelsteinen, die sich im Garten des Schatzes befinden. Vierzig Sklavinnen sollen die vierzig Schüsseln tragen, und jede Sklavin soll ihren Eunuchen haben. Ich wünsche nun von dir, daß du mir alles dies beschaffst."

Der Dschinni verschwand und kehrte mit vierzig Sklavinnen wieder, von denen jede ihren Eunuchen bei sich hatte und auf dem Haupt eine Schüssel aus lauterem Gold und voll der kostbarsten Juwelen trug. Der Dschinni sprach zu Aladdin: „Dies ist das Verlangte; sag mir nun, ob du noch einen anderen Dienst wünschest."

Aladdin erwiderte: „Ich habe jetzt nichts weiter nötig; wenn mir jedoch etwas fehlt, so will ich dich rufen und es dir sagen." Da verschwand der Dschinni.

Als Aladdins Mutter die Sklaven und Sklavinnen erblickte, verwunderte sie sich und rief: „Alles dies rührt von der Lampe her; ach, Gott, erhalte sie meinem Sohn!"

Aladdin aber bat sie: „Geh sogleich zum Sultan und

bring ihm das Verlangte, damit er erkennt, daß ich leisten kann, was er verlangt."

Alsdann öffnete er die Haustür und ließ die Sklavinnen paarweise mit ihren Eunuchen zur Seite hinausgehen, bis sie die ganze Straße füllten. Aladdins Mutter schritt ihnen voran. Als die Leute auf der Straße dieses wunderbare und prächtige Schauspiel erblickten, blieben sie staunend stehen und besahen sich neugierig die Schönheit und Anmut der Mädchen, die alle golddurchwirkte und mit Edelsteinen besetzte Kleider trugen, von denen das geringste Tausende wert war. Ebenso starrten sie die Schüsseln an, deren Glanz das Sonnenlicht überstrahlte, wiewohl jede Schüssel mit einem Stück Goldbrokat, das mit kostbaren Perlen bestickt war, zugedeckt war.

Der Zug gelangte zum Serail. Dort wurden auch die Agas, die Kämmerlinge und Hauptleute, von Verwunderung erfaßt; am meisten staunten sie über die kostbaren Kleider und die Schüsseln, vor deren Blitzen und Blinken sie die Blicke schließen mußten. Die Leutnants erstatteten dem Sultan Bericht, worauf dieser ihnen befahl, die Frau und ihr Gefolge ihm vorzuführen. Die Mädchen nahmen die Schüsseln vom Haupt und stellten sie vor ihm nieder. Dann nahmen sie die Tücher von ihnen ab und standen mit verschränkten Armen da. Der Sultan wurde von dem Anblick der goldenen Schüsseln mit den Edelsteinen so geblendet, daß er vor Staunen zunächst kein Wort hervorbrachte.

Schließlich sprach er zum Wesir: „Was meinst du, o Wesir? Wer solche Schätze in so kurzer Zeit beschaffen kann, verdient der nicht, des Sultans Tochter zur Frau zu erhalten?"

In dem Wesir, der noch mehr als der Sultan über die Pracht dieser Schätze verwundert war, wurde der Neid immer stärker. Um den Sultan davon abzuhalten, daß er Aladdin seine Tochter gäbe, versetzte er: „Mein Herr, alle Schätze der Welt sind nicht einen Fingernagel deiner Tochter Bedr el-Budur wert; deine Hoheit hat dies überschätzt."

Der Sultan aber erkannte, daß sein Wesir im Übermaß seines Neides gesprochen hatte. Er wandte sich deshalb an Aladdins Mutter und sagte zu ihr: „Ich nehme die Mitgift deines Sohnes an und halte mein Wort; meine Tochter sei seine Braut und er mein Schwiegersohn. Sag ihm, er solle herkommen, heute nacht noch soll die Hochzeit sein."

Da eilte Aladdins Mutter nach Hause und überbrachte ihrem Sohn die frohe Nachricht.

Aladdin küßte seiner Mutter die Hand und dankte ihr mit vielen Worten. Dann begab er sich in sein Gemach, nahm die Lampe und rieb sie, worauf sogleich der Dschinni erschien und rief: „Zu Diensten! Sage, was du begehrst." Aladdin befahl ihm: „Ich wünsche, daß du mich in ein Bad trägst und mir einen äußerst kostbaren, einen königlichen Anzug bringst." Der Marid versetzte: „Ich höre und gehorche." Alsdann trug er ihn in ein Bad, wie es noch kein König herrlicher geschaut hatte.

Als nun Aladdin in das Bad trat, kam einer der Dschinn zu ihm, badete ihn und kleidete ihn in prächtige königliche Gewänder. Hierauf wurden ihm Scherbetts und Kaffee mit Ambra vorgesetzt.

Nun erschien auch der Dschinni, der Diener der Lampe, wieder, hob ihn auf und setzte ihn in seinem Haus ab, wobei er sprach: „Mein Herr, brauchst du noch etwas?"

Aladdin versetzte: „Jawohl, ich wünsche, daß du mir achtundvierzig Mamelucken bringst, von denen vierundzwanzig voranziehen und vierundzwanzig mir folgen sollen, alle gekleidet, gewappnet und hoch zu Roß, und alles, was sie und ihre Rosse tragen, soll so wertvoll und kostbar sein, wie man es nicht in Königsschätzen findet. Alsdann bring mir einen Hengst, dessen Geschirr ganz aus Gold bestehen und über und über mit Edelsteinen besetzt sein soll; und bring mir auch achtundvierzigtausend Dinare, für jeden Mamelucken tausend. Ebenso beschaffe mir zwölf Sklavinnen von einzigartiger Schönheit und in prächtigster Kleidung; sie sollen meine Mutter zum Sultanspalast begleiten."

Der Dschinni verschwand und brachte schon nach einem Augenblick alles, was ihm aufgetragen war. Nun ließ Aladdin unverzüglich seine Mutter rufen und übergab ihr die zwölf Sklavinnen und kostbare Gewänder, damit sie sich in sie kleidete und mit den Sklavinnen zum Palast aufmachte. Alsdann erhob sich Aladdin und bestieg seinen Hengst. Die Mamelucken ritten vor ihm und hinter ihm und streuten unterwegs Gold unter die

Menge von ihrem Herrn Aladdin, der sie alle an Schönheit und Anmut übertraf.

Inzwischen hatte der Sultan die Großen des Reiches bei sich versammelt und ihnen mitgeteilt, daß er Aladdin seine Tochter zur Frau versprochen hatte. Er befahl ihnen, ihm zum Empfang entgegenzugehen, worauf sich alle, die Emire, Wesire, Kämmerlinge, Vizekönige und Hauptleute, am Tor des Serails aufstellten und Aladdin erwarteten. Nach seiner Ankunft schritten die Emire und Vornehmen des Reiches vor ihm her und führten ihn in den Diwan. Da stieg der Sultan vom Thron, umarmte ihn und wehrte ihm, den Teppich zu küssen; vielmehr küßte er den Jüngling und ließ ihn an seiner rechten Seite Platz nehmen. Aladdin hingegen huldigte dem Sultan und segnete ihn, wie es sich ziemte, und sprach zu ihm: „O unser Herr Sultan, deine Glückseligkeit geruhte in ihrer Großmut, mir deine Tochter, die Herrin Bedr el-Budur, zu gewähren, wiewohl ich diese große Huld nicht verdiene, da ich der niedrigste deiner Sklaven bin. Ich flehe zu Gott, daß er dir Dauer und langes Leben verleiht, und in der Tat, o König, meine Zunge ist zu schwach, dir für die große, alle Grenzen überschreitende Huld, mit der du mich beehrtest, zu danken. Ich hoffe aber, daß deine Glückseligkeit mir ein passendes Stück Land schenken wird, damit ich auf ihm einen der Herrin Bedr el-Budur würdigen Palast erbauen kann."

Der Sultan war ganz verdutzt, als er Aladdin in seinem königlichen Anzug erblickte und seine Schönheit und Anmut sah. Seine Verwunderung wurde noch größer, als Aladdins Mutter in ihren prächtigen und kostbaren Gewändern wie eine Königin erschien und er ihre zwölf Sklavinnen zu ihrer Bedienung mit verschränkten Armen vor ihr in allem Anstand und Respekt stehen sah. Ebenso bemerkte er Aladdins Beredsamkeit. Er und alle, die sich bei ihm im Diwan befanden, waren erstaunt. Im Herzen des Wesirs jedoch brannte der Neid.

Nachdem der Sultan Aladdins Segenswünsche vernommen hatte, umarmte er ihn und nahm ihn mit in das Serail, wo das Abendessen bereitet war. Nachdem die Eunuchen die Speisen aufgetragen hatten, setzte sich der Sultan und ließ Aladdin an seiner rechten Seite Platz nehmen, worauf sich die Wesire und die Großen und Vornehmen des Reiches, ein jeder nach seinem Rang, ebenfalls setzten; dann spielte die Musik, und sie feierten ein prächtiges Fest. Der Sultan aber begann nun, sich mit Aladdin zu unterhalten, und plauderte mit ihm, während Aladdin ihm mit allem Anstand und der höchsten Gewandtheit antwortete, als wäre er in Königspalästen erzogen und als hätte er mit Königen Umgang gepflogen.

Nach dem Mahl erhob sich Aladdin und wollte fortgehen; der Sultan hielt ihn jedoch fest und fragte ihn: „Wohin, mein Sohn?"

Aladdin erwiderte ihm: „Mein Herr und König, ich wollte für die Herrin Bedr el-Budur einen Palast erbauen, der für ihren Rang und Stand paßt. Vorher ist es mir unmöglich, sie zu besuchen. So Gott will, soll der Palast in kürzester Frist fertiggestellt sein. Wiewohl ich mich sehne, mich jetzt der Herrin Bedr el-Budur zu erfreuen, so geziemt es mir jedoch zuvor, ihr zu dienen, und es ist meine Pflicht, das Werk auszuführen."

Da sagte der Sultan: „Such dir den Grund und Boden aus, der deinem Wunsch entspricht, jedoch ist der weite Platz vor meinem Serail sicherlich am besten geeignet; wenn er dir gefällt, so baue den Palast dorthin." Aladdin versetzte: „Das ist gerade mein höchster Wunsch, deiner Glückseligkeit nahe zu bleiben."

Hierauf verabschiedete er sich vom Sultan und ging hinaus. Er setzte sich auf seinen Hengst und ritt inmitten seiner Mamelucken fort. Alle Leute aber segneten ihn und riefen: „Bei Gott, er verdient's!", bis er bei seinem Haus anlangte.

In seinem Gemach rieb er wieder die Lampe, und sofort stand der Dschinni vor ihm und sprach: „Sage, mein Herr, was du begehrst." Aladdin versetzte: „Ich begehre von dir einen wichtigen Dienst. Du sollst gegenüber dem Palast des Sultans ein wunderbares Serail erbauen, wie kein König seinesgleichen sah, und es soll aufs vollkommenste eingerichtet sein." Der Diener versetzte: „Ich gehorche!" Dann verschwand er.

Noch ehe das Morgenrot anbrach, kehrte er zu Aladdin zurück und sprach zu ihm: „Mein Herr, der Palast ist aufs beste fertiggestellt, wie du es nur wünschen magst."

Da erhob sich Aladdin und eilte zu dem neuen Palast. Er war aus Jaspis und weißem und porphyrartigem Marmor erbaut. Die Schatzkammer war voll von Gold und Silber und kostbaren Juwelen in unabschätzbarer Menge. Von hier führte der Dschinni ihn in einen anderen Raum, wo alles Tischzubehör, wie Schüsseln, Löffel, goldene und silberne Becken und Becher lagen. Auch in der Küche bestand alles aus Gold oder Silber. In der Kleiderkammer standen Kästen, die mit indischen und chinesischen golddurchwirkten Stoffen und Brokaten vollgepackt waren. Von hier führte der Diener Aladdin in den Marstall. Die Pferde dort hatten nicht ihresgleichen in der ganzen Welt.

Als sich Aladdin das ganze Serail angesehen hatte, freute er sich mächtig und war über die Maßen fröhlich. Dann wandte er sich an den dienenden Geist und sprach zu ihm: „Ich wünsche von dir nur noch einen Teppich aus prächtigem Brokat, der ganz mit Gold durchwirkt sein und von meinem Serail zum Serail des Sultans reichen muß, damit die Herrin Bedr el-Budur über ihn schreiten kann, ohne die bloße Erde zu berühren."

Da verschwand der Diener, und bald lag der Teppich ausgebreitet da vom Serail des Sultans bis zu Aladdins Serail.

Am Morgen erhob sich der Sultan von seinem Lager, öffnete das Fenster und erblickte gegenüber einen prachtvollen sinnbetörenden Palast sowie einen Teppich, der von seinem Serail zu jenem reichte. Ebenso staunten die Türhüter und alle, die sich im Palast des Sultans befanden.

Der Sultan wandte sich an den Wesir und sprach: „Siehst du nun, daß Aladdin meine Tochter, die Herrin Bedr el-Budur, zur Frau verdient? Hast du diesen königlichen Bau betrachtet?"

Aus Neid auf Aladdin versetzte der Wesir: „O König der Zeit, dieser Bau kann nur durch Zauberei bewirkt sein, da auch der größte Herrscher oder der reichste Mann nicht imstande wäre, in einer einzigen Nacht solch ein Gebäude aufzuführen."

Der Sultan entgegnete jedoch: „Ich wundere mich nicht, daß du eine üble Meinung von Aladdin hegst; doch glaube ich, daß dies von deinem Neid herrührt."

Aladdin hielt indessen den Zeitpunkt für gekommen, sich zum Palast zu begeben, wo die Emire, Wesire und Großen des Reiches zur Hochzeitsfeier versammelt waren. Er rieb die Lampe, worauf der Dschinni erschien und sprach: „Mein Herr, sage, was du begehrst; ich stehe zu deinen Diensten."

Aladdin versetzte: „Beschaffe mir zehntausend Dinare!"

Da verschwand der Zaubergeist für einen Augenblick

und brachte die zehntausend Dinare, worauf sich Aladdin auf seinen Hengst setzte und inmitten seiner Mamelucken, die vor und hinter ihm ritten, zum Schloß zog. Unterwegs warf er Geld unter die Leute, so daß sie laut seine Freigebigkeit rühmten. Der Sultan kam ihm entgegen und umarmte und küßte ihn. Dann führte er ihn in das Serail und bot ihm Platz zu seiner Rechten. Die ganze Stadt war geschmückt, die Instrumente spielten, die Sängerinnen sangen. Die Großen des Landes und die Vizekönige von den Provinzen waren gekommen, um Aladdins Hochzeit zu schauen.

Nach dem Festmahl verabschiedete sich Aladdin vom Sultan, saß mit seinen Mamelucken auf und ritt zu seinem Serail hinüber. Eine gewaltige Menge geleitete ihn in festlichem Zug in sein Haus, und er streute wieder Geld unter die Leute. Er befahl den Mamelucken, Sklavinnen und Eunuchen, in seinem Serail alles zum Empfang für seine Braut, die Herrin Bedr el-Budur, zurechtzumachen.

Als am Nachmittag die Luft frischer wurde und die Sonnenglut nachließ, befahl der Sultan seinen Truppen, den Emiren des Reiches und den Wesiren, ihn auf den Plan zwischen den Palästen zu begleiten. Aladdin erschien mit seinen Mamelucken ebenfalls auf dem Plan, er ritt einen Hengst, wie er selbst unter den Vollblutarabern nicht anzutreffen war, und nahm an den Turnierkämpfen teil, wobei ihm keiner standhalten konnte. Seine Braut, die Herrin Bedr el-Budur, schaute ihm aus dem Fenster ihres Schlosses zu und verliebte sich in ihn, als sie ihn in seiner Anmut und Ritterlichkeit sah. Nach den Wettkämpfen kehrten der Sultan und Aladdin jeder in sein Serail zurück.

Als der Sultan in sein Serail trat, befahl er sogleich, seine Tochter, die Herrin Bedr el-Budur, in festlichem Zug in das Serail Aladdins, ihres Bräutigams, zu geleiten. Da saßen die Truppen und Vornehmen des Reiches auf, und die Sklavinnen und Eunuchen kamen mit Wachskerzen heraus und geleiteten die Herrin Bedr el-Budur in prächtigem Zug in das Serail ihres Bräutigams.

Dort wurden die Speisen aufgetragen, und sie aßen und tranken und waren vergnügt. Dann kamen achtzig Mädchen herein, von denen jedes ein Musikinstrument in der Hand hielt, und tasteten über die Saiten in melodiösem Spiel. Es herrschten helle Lust und Fröhlichkeit unter ihnen, und es war eine prächtige Nacht, wie sie selbst Alexander der Große nicht erlebt hatte.

Am anderen Tag erschien der Sultan im Serail Aladdins. Die Herrin Bedr el-Budur empfing ihren Vater mit glücklichem Lächeln. Er umarmte und küßte sie und trat in ihre Gemächer, und die anderen folgten ihm. Es war aber gerade die zum Mittagsmahl festgesetzte Zeit, und es waren ein Tisch für den Sultan, die Herrin Bedr el-Budur und Aladdin und ein zweiter für den Wesir, die Großen und Vornehmen des Reiches, die Hauptleute, Kämmerlinge und Vizekönige aufgestellt. Dem Sultan mundeten die würzigen Gerichte, und die harmonischen Weisen, welche die achtzig Mädchen spielten, stimmten ihn immer heiterer. Die Stunde behagte ihm so, daß er in heller Lust ausrief: „Fürwahr, das ist ein Fest, wie es kein König oder Kaiser besser auszurichten vermag!"

Sie aßen und tranken, der Becher kreiste, und dann wurden in einem anderen Saal Süßigkeiten und Früchte aufgetragen. Nach der Beendigung des Mahles ruhte der Sultan ein wenig in dem Gemach seiner Tochter. Er war glücklich über die stolze Pracht, in der sie lebte. Darauf kehrte er in sein Serail zurück.

Aladdin aber pflegte täglich inmitten seiner Mamelucken durch die Stadt zu reiten und nach rechts und links Geld unter die Leute zu streuen, so daß alle Welt ihn wegen seiner Freigebigkeit und Großmut liebgewann. Außerdem erhöhte er das Einkommen der Armen und teilte eigenhändig Spenden unter ihnen aus, so daß er im ganzen Königreich hochberühmt wurde. Die Mehrzahl der Großen und Emire speisten an seiner Tafel. Auch pflegte er das edle Waidwerk und nahm teil am Speerspiel vor dem Sultan. Die Herrin Bedr el-Budur gewann ihn nur noch lieber, wenn sie ihn hoch zu Roß im Wettspiel sah, und sie dachte bei sich, daß Gott es gut gefügt habe.

Von Tag zu Tag wuchs Aladdins Ruhm und gelangte schließlich auch nach Mauretanien. So erfuhr der maghribitische Zauberer, daß Aladdin noch lebte, aus der Erde herausgekommen war und die Lampe besaß. Nur durch ihre Kraft konnte er so reich und mächtig geworden sein. Er schlug Zauberkreise und sah, daß Aladdin die Tochter des Sultans geheiratet hatte. Da packten ihn Neid und Zorn, und er beschloß, daß Aladdin sterben solle. Er machte sich auf und reiste nach China. In der Residenz des Sultans, in der Aladdin lebte, kehrte er in einem der Chane ein und hörte, daß die Leute von nichts anderem als von den Tugenden und dem Glanz Aladdins redeten.

Nachdem der Zauberer sich von seiner langen Reise ausgeruht hatte, streifte er in den Straßen der Stadt umher. Die Menschen rühmten den Palast und seine Pracht, auch Aladdins Schönheit und Anmut, seine Freigebigkeit und Großmut und sein feines Wesen. Der Maghribite sagte zu einem von denen, die er so reden hörte: „Mein höchster Wunsch ist es, das Serail Aladdins zu sehen. Wenn du mir einen Gefallen tun willst, so führe mich zu ihm, da ich ein Fremdling bin."

Der Jüngling leitete ihn, indem er ihm voranschritt, zu Aladdins Serail. Dort sah der Maghribite sofort, daß es das Werk der Zauberlampe war, und beschloß, diesem Schneidersohn eine Grube zu graben. In seinem Chan holte er seine astrologischen Geräte und sein geomantisches Brett hervor, um festzustellen, wo die Lampe wäre. Als er sah, daß sie sich im Serail befand, jedoch nicht bei Aladdin, freute er sich mächtig und rief: „Nun ist es ein leichtes Ding, diesem Verruchten das Leben zu nehmen und einen Weg zur Lampe zu finden."

Er ging zu einem Klempner und sprach zu ihm: „Fertige mir eine Anzahl Lampen an und nimm von mir ihren Preis, jedoch wünsche ich, daß du sie schnell machst." Der Klempner begann sogleich mit der Arbeit. Die fertigen Lampen steckte der Maghribite in einen Korb, und dann schritt er damit durch die Straßen und Basare und rief: „Wer tauscht eine alte Lampe für eine neue ein?"

Die Leute lachten über ihn, doch er kehrte sich nicht daran. Er ging durch die ganze Stadt und kam schließlich zu Aladdins Serail. Dort bot er mit noch lauterer Stimme neue Lampen gegen alte an, so daß die Buben johlten: „Ein Verrückter! Ein Verrückter!"

Es traf sich aber, daß die Herrin Bedr el-Budur gerade am Fenster stand, als sie jemand etwas ausrufen und die Buben über ihn johlen hörte. Da sie aber nicht verstand, was vorging, befahl sie einer der Sklavinnen, nachzusehen, was der Fremde wolle. Die Sklavin meldete: „Meine Herrin, der Mann ruft aus: ‚Wer vertauscht eine alte Lampe gegen eine neue?' Die Kleinen laufen ihm deshalb nach und lachen ihn aus." Da lachte die Herrin Bedr el-Budur ebenfalls.

Aladdin aber hatte sich nach der Hochzeit nicht weiter um die Lampe gekümmert, sondern sie in seine Kammer gestellt und dort eingeschlossen. Eine der Sklavinnen jedoch, die dies gesehen hatte, sagte zur Herrin Bedr el-Budur: „Meine Herrin, ich erinnere mich, im Gemach meines Herrn Aladdin eine alte Lampe gesehen zu haben. Wir wollen sie bei diesem Mann gegen eine neue umtauschen, um zu sehen, ob er die Wahrheit gesprochen oder gelogen hat."

Da befahl die Herrin, die alte Lampe zu holen. Das Mädchen stieg hinauf zu Aladdins Gemach und kehrte mit der Lampe zurück. Dann befahl die Herrin Bedr el-Budur einem Aga, hinunterzugehen und die Lampe für eine neue umzutauschen. Der Aga kehrte zur Herrin zurück und gab ihr die eingetauschte Lampe; und wieder lachte sie über die Dummheit des Maghribiten, als sie sah, daß es wirklich eine neue Lampe war.

Der Maghribite erkannte sofort die gesuchte Lampe aus dem Schatz. Er barg sie unter seiner Kleidung und ließ alle anderen Lampen den Leuten. Dann lief er zur Stadt hinaus und wartete, bis die Nacht hereinbrach und er sich allein in der Steppe befand. Alsdann zog er die Lampe hervor und rieb sie. Sogleich erschien der Marid und rief: „Zu Diensten! Dein Sklave steht vor dir; sage, was du begehrst." Da befahl der Mahgribite: „Ich wünsche, daß du Aladdins Serail von seinem Platz mit allen seinen Bewohnern und mich selber aufhebst und uns in meinem Land, in Afrika, niedersetzest. Ich wünsche, daß dieser Palast in meiner Stadt inmitten der Gärten steht."

Der Marid versetzte: „Ich höre und gehorche; schließe deine Augen, wenn du sie wieder öffnest, wirst du dich zugleich mit dem Serail in deinem Land befinden." Dies geschah, und in einem Augenblick waren der Maghribite und Aladdins Serail mit allem, was sich darin befand, nach Afrika versetzt.

Der Sultan pflegte in Anhänglichkeit und Liebe zu seiner Tochter an jedem Morgen, wenn er aus dem Schlaf erwachte, das Fenster zu öffnen und nach ihr zu sehen. Als er sich an diesem Morgen erhob und wie gewöhnlich das Gitterfenster öffnete, gewahrte er nichts von Aladdins Palast, sondern sah einen kahlen Platz wie zuvor. Da wurde er verwirrt und begann sich die Augen zu reiben, im Glauben, sie seien trüb. Doch sooft er auch hinschaute, er konnte nichts vom Serail erkennen. In wachsender Ratlosigkeit schlug er die Hände zusammen, und die Tränen liefen ihm in den Bart, weil er nicht wußte, was aus seiner Tochter geworden war. Er ließ sogleich seinen Wesir holen und forderte ihn auf, hinauszugehen und nach Aladdins Palast zu sehen.

Der Wesir fand auch nichts, weder ein Serail noch sonst etwas. Verwirrt und verstört kehrte er zum Sultan zurück: „O König der Zeit, ich sagte schon immer, daß jenes Serail schändliche Zauberei wäre." Da ergrimmte der Sultan und fragte: „Wo ist Aladdin?" Der Wesir entgegnete: „Er ist auf der Jagd."

Nun befahl der Sultan sofort einigen Agas, auszuziehen und Aladdin in Fesseln zu bringen. Da machten sich die Agas auf den Weg und sagten zu Aladdin: „O gütiger Herr Aladdin, nimm es uns nicht übel, der Sultan hat uns befohlen, dich festzunehmen und zu binden."

Sogleich stieg Aladdin von seinem Hengst und sprach zu ihnen: „Tut mit mir, was der Sultan euch geheißen hat; denn des Sultans Befehl ist unverbrüchlich zu befolgen."

Hierauf legten die Agas Aladdin Fesseln an und schleppten ihn in die Stadt. Als die Leute Aladdin gebunden und in Eisen gelegt erblickten und erfuhren, daß der Sultan ihn köpfen lassen wollte, versammelten sie sich, da sie Aladdin über die Maßen liebten. Sie ergriffen ihre Waffen, zogen zum Serail und ließen dem Sultan sagen: „Wir reißen auf der Stelle das Serail über dir und allen, die in ihm sind, ein, wenn Aladdin das geringste Leid zugefügt wird."

Da warnte der Wesir den Sultan: „O König der Zeit, dein Befehl besiegelt unseren Tod. Besser wäre es, du vergäbest Aladdin, damit es uns nicht übel ergeht; denn die Untertanen lieben ihn mehr als uns."

Der Schwertmeister hatte bereits das Leder ausgebreitet, Aladdin daraufgesetzt und ihm die Augen verbunden; auch war er bereits dreimal um ihn herumgegangen und wartete auf den letzten Befehl des Königs.

Doch der Sultan befahl dem Schwertmeister, seine Hand von Aladdin zu lassen, und entsandte einen Herold zu den Untertanen, ihnen anzukündigen, daß er dem Verurteilten vergeben und ihn begnadigt hätte.

Als sich Aladdin nun frei sah und den Sultan auf seinem Thron erblickte, trat er auf ihn zu und sprach zu ihm: „Mein Herr, nachdem deine Glückseligkeit mich in meinem Leben ehrte, gewähre mir die Gnade und laß mich meine Schuld wissen."

Der Sultan entgegnete: „Verräter, kennst du deine Schuld denn nicht?" Dann wandte er sich zu seinem Wesir und sagte zu ihm: „Nimm ihn und laß ihn aus dem Fenster auf den Platz sehen, wo sein Serail stand."

Als nun Aladdin sah, daß sein Serail verschwunden war, sagte er bestürzt: „O König der Zeit, ich weiß nicht das geringste und habe keine Ahnung, was vorgefallen ist."

Der Sultan entgegnete: „Wisse, Aladdin, ich habe dir nur darum vergeben, damit du dich aufmachst, die Sache zu untersuchen und nach meiner Tochter zu forschen. Komm mir nicht wieder unter die Augen, es sei denn mit ihr, und wenn du sie mir nicht wiederbringst, so lasse ich dich, bei meinem Leben, köpfen."

Aladdin erwiderte: „Ich höre und gehorche, o König der Zeit; gewähre mir nur eine Frist von vierzig Tagen. Wenn ich sie dir nach Verlauf dieser Frist nicht gebracht habe, so schlage mir den Kopf ab."

Aladdin verließ das Serail und wanderte durch die Stadt, ohne sich denken zu können, was geschehen war. Nachdem er sich in tiefstem Kummer zwei Tage lang in der Stadt aufgehalten hatte, unschlüssig, wie er die Herrin Bedr el-Budur, seine junge Frau, und sein Serail finden sollte, irrte er aufs Geratewohl in die Steppe hinein und kam schließlich an einen Fluß. Da er ein guter Moslem war, trat er an das Ufer, um die Waschung zu vollziehen. Indem er nun das Wasser mit seinen Händen schöpfte und seine Finger bewegte, rieb er auch seinen Ring, an den er nicht mehr gedacht hatte, und alsbald erschien der Marid des Ringes und sprach zu ihm: „Zu Diensten, dein Sklave steht vor dir, sage, was du begehrst."

Da freute sich Aladdin mächtig und sagte: „Sklave, ich wünsche, daß du mir mein Serail samt meiner Gemahlin, der Herrin Bedr el-Budur, und allem, was sich darinnen befindet, bringst." Der Marid erwiderte jedoch: „Mein Herr, es tut mir sehr leid, daß ich das nicht tun kann; das hängt von dem Dschinni der Lampe ab, und er ist mächtiger als ich."

Da sagte Aladdin: „Wenn dir dies unmöglich ist, so nimm mich und setze mich neben meinem Serail nieder, in welchem Land es sich auch befinden mag."

Alsbald lud der Marid ihn auf und setzte ihn neben seinem Serail vor dem Gemach seiner Gemahlin in

Afrika nieder. Soeben brach die Nacht herein. Da er seit vier Tagen vor Gram und Trübsal nicht geschlafen hatte, legte er sich neben dem Serail unter einem Baum nieder. Überwältigt von Müdigkeit, ruhte er bis in den Morgen hinein. Das Gezwitscher der Vögel weckte ihn. Da erhob er sich und ging zu einem Fluß, der durch die Gärten zur Stadt floß.

Nachdem er hier die Waschung vollzogen und das Morgengebet verrichtet hatte, kehrte er zurück und setzte sich unter die Fenster des Gemaches der Herrin Bedr el-Budur. Diese stand in ihrem Kummer alle Tage im frühen Morgengrauen weinend auf. Nach dem Gebet kam eine Sklavin zu ihr, um sie anzukleiden. Eine Schicksalsfügung war es, daß die Sklavin gerade um diese Stunde das Fenster öffnete, um ihre Herrin auf die Bäume und Bäche hinaussehen zu lassen. Die Sklavin sah ihren Herrn Aladdin unter den Fenstern des Gemaches sitzen und rief ihrer Herrin zu: „O meine Herrin, Herr Aladdin sitzt unten."

Da schaute Bedr el-Budur zum Fenster hinaus und sah Aladdin, wie er gerade sein Haupt emporhob und zu ihr aufsah. Sie begrüßten einander, fliegend vor Freude, und die Herrin Bedr el-Budur sprach zu ihm: „Steh auf und komm zu mir herein, der Verruchte ist jetzt nicht hier." Dann befahl sie der Sklavin, hinunterzusteigen und ihm die Tür zu öffnen.

Bedr el-Budur empfing ihren Gemahl in der Tür, und sie umarmten und küßten einander vor Freude. Alsdann setzten sie sich, und Aladdin begann: „O Herrin Bedr el-Budur, vor allen Dingen möchte ich dich etwas fragen; ich hatte eine alte Kupferlampe in mein Gemach gestellt."

Da seufzte sie und sagte: „Ach, mein Geliebter, gerade sie brachte dieses Unheil über uns." Sie erzählte, wie sie die alte Lampe für eine neue umgetauscht hatte, und fuhr fort: „Am Morgen des anderen Tages fanden wir uns in diesem Land. Der Mann, der die Lampen tauschte, kam zu mir und sagte, daß er dies vermöge der Zauberkraft der Lampe getan hätte; er sei ein Maghribite aus Afrika, und wir befänden uns in seinem Land."

Als die Herrin Bedr el-Budur ihren Bericht beendet hatte, fragte Aladdin: „Weißt du, wohin er die Lampe gestellt hat?"

Sie erwiderte: „Er trägt sie stets bei sich und vermag sich keine Stunde von ihr zu trennen. Als er mir sagte, was geschehen ist, holte er sie aus seiner Kleidung hervor und zeigte sie mir."

Aladdin faßte sogleich einen Plan. Er sagte: „O Herrin, ich will jetzt fortgehen und in anderer Kleidung wiederkommen. Wundere dich aber nicht und stelle stets eine deiner Sklavinnen an die Hintertür. Sie soll mir sofort die Tür öffnen, wenn sie mich kommen sieht."

Hierauf ging Aladdin zum Portal des Serails hinaus und wanderte, bis er einen Fellah traf. Mit ihm tauschte er seine kostbaren Kleider. Dann schlug er den Weg zur Stadt ein und suchte in ihr den Basar eines Drogisten auf, wo er für zwei Dinare starkes, augenblicklich betäubendes Haschisch erstand. Hierauf kehrte er zum Serail zurück, wo ihm die Sklavin die Hintertür öffnete.

Nun sprach er zu seiner Gemahlin: „Hör zu, ich wünsche, daß du dich ankleidest und schmückst und den Kummer abwirfst. Wenn dann der verruchte Maghribite kommt, so heiße ihn herzlich willkommen, empfange ihn mit lachendem Gesicht und lade ihn ein, mit dir das Abendessen zu speisen. Stelle dich so, als ob du deinen Gemahl Aladdin und deinen Vater vergessen hättest und den Entführer von Herzen liebtest. Verlange von ihm roten Wein, zeige dich fröhlich und vergnügt und trinke auf sein Wohl. Wenn du ihm dann zwei oder drei Becher Wein kredenzt hast und er achtlos geworden ist, tu ihm dies Pulver in den Becher und gieße Wein darauf. Sobald er den Becher getrunken hat, wird er wie tot umfallen."

Bedr el-Budur erwiderte: „Es fällt mir zwar schwer, dies zu tun, aber es muß geschehen. Wir wollen uns von diesem Verruchten befreien, der mir das Leid der Trennung von dir und meinem Vater zufügte."

Sie legte sich prächtige Kleider an und schmückte sich, und wie erwartet, kam der Maghribite bald. Er freute sich, als er sie so geputzt sah, und mehr noch über ihr lachendes Gesicht. Sie zog ihn an ihre Seite nieder und sagte zu ihm: „Mein Geliebter, wenn du heute nacht willst, komm zu mir, damit wir das Abendessen zusammen einnehmen. Ich habe mich nunmehr genug gegrämt; denn wenn ich auch tausend Jahre dasäße, so nützte es nichts, und Aladdin würde nicht aus dem Grab steigen. Ich verlasse mich auf dein gestriges Wort, daß mein Vater, der Sultan, ihn hat hinrichten lassen. Verwundere dich nicht darüber, daß ich anderen Sinnes geworden bin. Ich hoffe, du wirst kommen, um mit mir zusammen das Abendessen einzunehmen und ein Schlückchen Wein zu trinken. Ich möchte gern den Wein deiner afrikanischen Heimat probieren."

Der Maghribite sagte in übermächtiger Freude: „O mein Leben, ich höre und gehorche allem, was du wünschest und befiehlst. Ich habe ein Faß Wein aus unserem Land sorglich gehütet und acht Jahre lang unter der Erde aufbewahrt. Ich will jetzt gehen und von ihm abfüllen, soviel wir brauchen, und dann zu dir zurückkehren."

Nach kurzer Zeit kam er mit einem Krug Wein zurück, und sofort setzte sich die Herrin Bedr el-Budur mit ihm zu Tisch. Beide aßen, bis Bedr el-Budur zu trinken wünschte; da füllte ihr die Sklavin sogleich den Becher und nach ihr ebenfalls dem Maghribiten.

Hierauf begann die Herrin Bedr el-Budur, die einzig an Beredsamkeit war, mit ihm beim Wein zu plaudern und suchte ihn durch süße doppelsinnige Reden zu berücken. Der Maghribite glaubte, ihre Zuneigung sei echt, und sein Verlangen nach ihr wurde immer heißer. Als Bedr el-Budur merkte, daß ihm der Wein bereits zu Kopf gestiegen war, sagte sie: „Wir haben in unserer Heimat die Sitte, daß jeder am Ende des Nachtmahls den Becher seines oder seiner Geliebten nimmt und ihn austrinkt."

Dabei ergriff sie sogleich seinen Becher und füllte ihn mit Wein, worauf sie der Sklavin befahl, ihm ihren Becher zu reichen, in den sie heimlich Haschisch getan hatte. Während sie sich in den Hüften wiegte und ihre Hand in seine legte, flüsterte sie: „O mein Leben, nun hab' ich deinen Becher, und du hast meinen Becher, und so trinken Liebende einer aus dem Becher des anderen." Mit diesen Worten küßte sie seinen Becher und trank

ihn aus, worauf er ihren Becher an seinen Mund setzte und ihn bis auf den Grund leerte. In demselben Augenblick sank er wie ein Toter nieder, und der Becher fiel aus seiner Hand. Da freute sich die Herrin Bedr el-Budur, die Sklavinnen tanzten und öffneten ihrem Herrn Aladdin die Tür des Serails.

Als er sie am Tisch sitzen und den Maghribiten wie einen Toten vor ihr liegen sah, küßte er sie, dankte ihr und bat sie, sich mit den Sklavinnen in die inneren Gemächer zu begeben. Ohne Säumen zog sich die Herrin Bedr el-Budur mit ihren Sklavinnen zurück. Aladdin verriegelte hinter ihnen die Tür. Dann trat er an den Maghribiten heran und suchte in seiner Kleidung nach der Lampe. Als er sie gefunden hatte, zückte er sein Schwert und schlug dem Zauberer den Kopf ab. Alsdann rieb er die Lampe, und sogleich erschien der Sklave, der Marid, und sprach: „Zu Diensten, mein Herr, was begehrst du?"

Aladdin sagte: „Ich wünsche, daß du dieses Serail von hier nach China trägst und es auf seinen früheren Platz gegenüber dem Serail des Sultans niedersetzt."

Hierauf begab sich Aladdin wieder zu seiner Gemahlin und umarmte und küßte sie. Beide saßen beim Wein und plauderten, während der Marid das Serail mit ihnen forttrug und es auf seinen Platz gegenüber dem Serail des Sultans niedersetzte. Dann ließ Aladdin durch die Sklavinnen den Tisch decken. Er und seine Gemahlin aßen und tranken und freuten sich ihres Glückes, bis der Schlaf sie übermannte.

Am nächsten Morgen erhob sich Aladdin und weckte seine Gemahlin. Die Sklavinnen kamen zu ihr und zogen sie an und schmückten sie. Ganz besonders freute sie sich auf das Wiedersehen mit ihrem Vater.

Der Sultan trauerte seit Aladdins Freilassung über den Verlust seiner Tochter. Jeden Morgen eilte er ans Fenster, öffnete es und schaute dorthin, wo Aladdins Serail gestanden hatte. Als er nun an jenem Morgen wie gewöhnlich das Fenster öffnete und hinausschaute, sah er vor sich ein Gebäude. Da rieb er sich die Augen und erkannte bei schärferem Zusehen, daß es Aladdins Serail war. Sofort ließ er sein Pferd satteln und ritt hinüber. Aladdin sah ihn kommen und ging ihm entgegen. Dann führte er ihn hinauf zum Gemach seiner Tochter. Weinend umarmten und küßten Vater und Tochter einander, bis Aladdin beide in ein oberes Zimmer führte. Dort erzählte die Herrin Bedr el-Budur ihrem Vater alle ihre Erlebnisse und schloß: „Ich erstand erst gestern wieder zum Leben, als ich meinen Gemahl sah, der mich aus der Gefangenschaft eines verruchten maghribitischen Zauberers befreite. Ohne meinen geliebten Aladdin wäre ich nimmer von ihm erlöst, und du hättest mich nie wiedergesehen. Fürwahr, mein Vater, ich litt unter schwerer Trübsal und Sorge. Ich bin meinem Gemahl alle Tage meines Lebens zu Dank verpflichtet, weil er mich von diesem verruchten Zauberer befreite."

Aladdin führte den Sultan in das Nebengemach, in dem der Leichnam des Maghribiten lag. Der Sultan befahl sofort, ihn zu verbrennen und seine Asche in die Luft zu streuen. Dann umarmte er Aladdin und sagte zu ihm: „Verzeih mir, mein Sohn, daß ich dir das Leben nehmen wollte. Ich bin jedoch für das, was ich dir antat, zu entschuldigen, da ich mich meiner einzigen Tochter beraubt sah. Du weißt, wie zärtlich die Herzen der Eltern an ihren Kindern hängen, das meine um so mehr, als ich kein anderes Kind als Bedr el-Budur habe."

Aladdin erwiderte: „O König der Zeit, du hast mir nichts getan, was gegen Recht und Gesetz verstoßen hätte, und ich habe gleichfalls keine Schuld, vielmehr rührt alles von diesem schmutzigen maghribitischen Zauberer her."

Hierauf befahl der König, die Stadt zu schmücken. Er ließ den Herold ankündigen: „Am heutigen Tag beginnt ein hohes Fest, das im ganzen Reich einen vollen Monat, dreißig Tage lang, gefeiert werden muß, zu Ehren der Rückkehr der Herrin Bedr el-Budur, der Tochter des Sultans, und ihres Gatten Aladdin."

Aladdin führte mit seiner jungen Gemahlin fortan ein heiteres und angenehmes Leben, frei von jeglicher Gefahr. Als der Sultan nach einiger Zeit starb, setzte sich Aladdin auf den Thron des Reiches und regierte seine Untertanen in Gerechtigkeit, und alle Welt liebte ihn. So führte er mit seiner jungen Gemahlin, der Herrin Bedr el-Budur, das angenehmste, fröhlichste und zufriedenste Leben, bis der Zerstörer der Freuden und der Trenner der Vereinigungen sie heimsuchte.

Der Fischer und der Geist in der Flasche

Es war einmal ein alter Fischer, der ein Weib und drei Kinder hatte. Obwohl er in dürftigen Verhältnissen lebte, hatte er es sich zur Gewohnheit gemacht, sein Netz jeden Tag nur viermal und nicht öfter auszuwerfen. Eines Tages begab er sich wieder an den Meeresstrand, legte seinen Beutel ab, warf das Netz aus und wartete, bis es sich im Wasser gesetzt hatte. Als er dann die Stricke anzog, fand er es so schwer, daß er es trotz heftigen Anziehens nicht herausbekommen konnte. Er arbeitete so lange im Wasser, bis er es herausgeschafft hatte, doch fand er, als er zum Netz ging, einen toten Esel darin. Bei dessen Anblick wurde er traurig.

Nachdem er den toten Esel aus dem Netz gezogen hatte, stieg er wieder ins Meer und warf das Netz abermals aus. Er wartete, bis es sich gesetzt hatte, und zog es dann wieder an sich, doch es war diesmal noch schwerer als das erste Mal. Er fand einen großen Topf voll Sand und Schlamm darin. Kummervoll warf er den Topf fort, legte das Netz zum dritten Male aus und wartete, bis es sich gesetzt hatte. Als er es dann wieder herauszog, fand er es voll Scherben und Flaschen. Hierauf hob er seine Augen zum Himmel und betete: „O Gott, du weißt, daß ich mein Netz nur viermal am Tage auswerfe, und schon habe ich es dreimal vergebens getan."

Dann warf er unter Anrufung Allahs das Netz ein letztes Mal ins Meer und wartete, bis es sich gesetzt hatte. Als er es auseinandernahm, fand er eine Messingflasche darin, die einen Bleiverschluß mit dem Siegel Salomos trug. Der Fischer sagte erfreut: „Ich verkaufe sie auf dem Kupfermarkt.“ Darauf zog er ein Messer hervor und löste das Blei von der Messingflasche; dann legte er sie auf die Erde und schüttelte sie hin und her, damit ihr Inhalt ausliefe. Es kam jedoch keine Flüssigkeit, sondern ein Rauch heraus, der bis zu den Wolken am Himmel aufstieg und sich über die Erde legte. Als aber der Rauch völlig der Flasche entstiegen war, zog er sich wieder zusammen, schüttelte sich und wurde ein Ifrit, ein Dämon, dessen Haupt bis in die Wolken ragte, während seine Füße auf dem Boden standen. Er hatte einen Kopf, so groß wie eine Gebäudekuppel, Hände wie Heugabeln, Beine wie Schiffsmaste. Sein Mund glich einer Höhle, seine Zähne Felsen, seine Nüstern waren wie Trompeten, seine Augen wie zwei Lampen.

Beim Anblick des Ifrits erbebte der Fischer und fragte: „Welche frohe Botschaft bringst du mir?“

Er erhielt zur Antwort: „Daß du sofort des grausamsten Todes sterben sollst.“

Der Fischer erwiderte: „Weshalb willst du mich töten, und wodurch habe ich den Tod verdient? Ich habe dich doch eben aus der Flasche befreit, dich aus der Meerestiefe errettet und ans Land gebracht.“

Darauf sagte der Ifrit: „Wähle dir, welche Todesart du sterben willst und wie ich dich umbringen soll!“

Der Fischer rief: „Was ist denn meine Schuld, daß dies mein Lohn von dir sein soll?“ Der Ifrit antwortete: „Höre meine Geschichte, Fischer.“

Der Fischer sagte: „Sprich, aber mach deine Rede kurz, denn mein Geist ist mir vor Schreck in die Füße gefahren."

Der Ifrit erzählte nun: „Wisse, ich bin einer der abtrünnigen Dschinn und hatte mich wider Salomo, den Sohn Davids, empört. Der König ließ mich festnehmen. Man führte mich gefesselt vor ihn. Er befahl mir, das Böse zu lassen und dem Guten zu dienen. Aber ich bin ein Geist der Finsternis, Lichtes und Gutes ist nicht meine Sache, und ich trotzte ihm. Darauf ließ er mich in dieser verhaßten Flasche gefangensetzen und ins Meer werfen. Nach hundert Jahren meiner Gefangenschaft in der Flasche gelobte ich, den unermeßlich reich zu machen, der mich befreien würde. Aber immer weitere Jahrhunderte verflossen, ich wurde zunehmend ungeduldiger, und in meinem Zorn schwor ich, den zu töten, der mich so spät erst befreien würde. Als einzige Gunst sollte er die Todesart selber wählen dürfen. Du warst es, der mich befreite, und so überlasse ich es dir, wie du sterben möchtest."

Flehentlich bat der Fischer, ihn leben zu lassen, doch der Ifrit bestand darauf: „Du mußt sterben, weil du mich befreit hast. Das habe ich geschworen. Entscheide dich schnell, welche Todesart du haben möchtest."

Da sprach der Fischer bei sich: Das ist nur ein böser Geist, ich aber bin ein Mensch, dem Gott seinen gesunden Verstand gegeben hat. Dann fragte er: „Bei dem höchsten Namen, der in den Siegelring Salomos eingegraben ist, wirst du mir die Wahrheit sagen, wenn ich dich nach etwas frage?"

Der Ifrit antwortete: „Frage, doch mach's kurz!"

Da fragte ihn der Fischer: „Wie kannst du in dieser

Flasche gewesen sein, die nicht einmal deine Hand oder deinen Fuß, geschweige denn deinen ganzen Körper fassen kann? Ich glaube es nicht eher, als bis ich dich mit eigenen Augen darin sehe."

Sogleich schüttelte sich der Ifrit und löste sich in Rauch auf, der bis zum Himmel stieg, worauf er sich wieder zusammenzog und sich nach und nach in die Flasche senkte, bis er völlig in ihr verschwunden war. Da nahm der Fischer schnell das Bleisiegel, verschloß die Öffnung der Flasche und rief dem Ifrit zu: „Wähle dir von mir deine Todesart! Fürwahr, ich werfe dich hier ins Meer, baue mir hier ein Haus und warne jeden Fischer, hier zu fischen. Ich sage ihm: ‚Hier liegt ein Ifrit im Meer, der jedem, der ihn herausholt, nur noch die Wahl läßt, wie er sterben will.'"

Der Ifrit versuchte herauszukommen, vermochte es jedoch nicht. Als er nun merkte, daß der Fischer mit der Flasche zum Meer ging, rief er: „Fischer, was willst du mit mir tun?"

Der Fischer antwortete: „Dich ins Meer werfen; hast du bereits viele hundert Jahre darin gelegen, so will ich nun dafür sorgen, daß du bis zur Stunde des Gerichtes darin bleibst."

Da bat ihn der Ifrit und sagte: „Öffne mir, und ich will dir wohltun."

Der Fischer aber entgegnete: „Du lügst, Verruchter! Ich und du, wir gleichen dem Wesir des Königs Junan und dem Weisen Rujan."

Da fragte der Ifrit: „Wie war's mit dem Wesir des Königs Junan und dem Weisen Rujan? Was ist das für eine Geschichte?"

Der Fischer erzählte:

Geschichte des Königs Junan und des Weisen Rujan

Wisse, Ifrit, in alter Zeit lebte in Persien ein König namens Junan. Er war reich und tapfer, jedoch mit Aussatz behaftet, und keiner der Ärzte und Gelehrten hatte es vermocht, ihn zu heilen. Nun war in die Stadt des Königs Junan auch ein großer Hakim, ein Weiser, gekommen namens Rujan, der sowohl die medizinischen als auch alle anderen Wissenschaften beherrschte.

Als dieser Weise von dem Aussatz des Königs hörte,

legte er seine beste Kleidung an und begab sich zu dem Herrscher. Zur Audienz zugelassen, küßte er den Boden vor ihm und erflehte ihm in einer aufs beste gesetzten Rede dauernde Macht und beständiges Glück. Darauf tat er ihm kund, wer er sei, und sprach: „O König, mir ist von der Plage deines Körpers zu Ohren gekommen, und auch, daß keiner der vielen Ärzte das Mittel fand, sie zu beseitigen. Ich aber will dich heilen, o König, ohne dir eine Medizin zum Einnehmen zu geben oder dich mit Salben einzureiben."

Als der König Junan diese Worte vernahm, sagte er verwundert: „Wie willst du das fertigbringen? Aber, bei Allah, machst du mich gesund, so mache ich dich reich bis auf Kind und Kindeskind, ich beschenke dich und erfülle dir jeden deiner Wünsche; auch sollst du mein Tischgenosse und Freund sein."

Darauf verließ der Hakim den König und mietete sich ein Haus, wohin er seine Bücher, Medizinen und Spezereien schaffte. Dann destillierte er die Stoffe und verfertigte eine Keule mit einem hohlen Griff, in welchen er den Extrakt hineingoß, und machte geschickt einen Ball dazu.

Am nächsten Tag begab er sich wieder zum König, küßte die Erde vor ihm und sagte: „Nimm diese Keule und fasse sie so, wie ich es dir jetzt zeige, an, begib dich auf die Rennbahn und schlage den Ball mit ihr, so stark du kannst, bis deine Hand und dein ganzer Körper in Schweiß gerät; dann wird die Arznei von deiner Hand in den ganzen Körper eindringen. Bist du fertig mit dem Ballspiel und spürst die Arznei in dir, so kehre ins Schloß zurück, begib dich ins Bad, wasche dich und leg dich schlafen; du bist dann gesund. Frieden mit dir!"

Der König tat, wie der Hakim ihm geheißen hatte. Als er das Bad verließ, betrachtete er seinen Körper und fand keine Spur von Aussatz mehr. Die Haut war sauber wie blankes Silber. Darüber war er über alle Maßen glücklich.

Am anderen Morgen setzte er sich auf den goldenen Thron, und die Wesire und Großen des Reiches versammelten sich um ihn. Im Hintergrund stand bescheiden der Hakim Rujan. Als der König ihn in seinem Gefolge erblickte, rief er ihn herbei, ließ ihn sich an seiner Seite niedersetzen, beschenkte ihn reich und verabschiedete ihn unter Danksagungen und Segenswünschen.

Im Gefolge des Königs befand sich einer, dessen Herz zerfressen war vor Eifersucht und Neid, weil der König den heilkundigen Rujan mit Wohltaten überhäuft hatte. In seiner finsteren Seele beschloß er, den Arzt zu verderben.

Deshalb trat der Wesir, als sich der König wieder in den Diwan begeben hatte und im Kreise seiner Emire, Wesire und Kammerherren saß, an ihn heran, küßte den Teppich vor ihm und sprach: „O König, dessen Huld die Menschen umfaßt, ich habe dir einen guten Rat von großer Wichtigkeit zu geben."

Der König, durch die Worte des Wesirs in Unruhe versetzt, fragte: „Was ist dein guter Rat?"

Er antwortete: „Ich sehe den König auf unrechtem Wege, weil er seinen Feind, der nach dem Ende seiner Herrschaft trachtet, beschenkt, ihn mit Gunst- und Ehrenbezeigungen ohne Grenzen überhäuft und ihn zum nächsten Vertrauten gemacht hat; ich bin deshalb besorgt um den König."

Da war der König bestürzt. Er fragte: „Wer, meinst du, ist mein Feind, dem ich meine Gunst bezeige?"

Der Wesir antwortete: „O König, wenn du schläfst, so erwache! Ich meine den Hakim Rujan."

Der König entgegnete ihm entrüstet: „Der ist ja mein Freund und mir am wertesten von allen Menschen, weil er mich von meiner Krankheit heilte, an der sich die Ärzte umsonst abgemüht hatten; einen Mann wie ihn gibt's in dieser Zeit nicht mehr auf der Welt. Ich glaube, du sprichst nur aus Neid, und willst, daß ich ihn hinrichten lasse."

Darauf erwiderte der Wesir: „Großmächtiger König! Nur aus Besorgnis um dich habe ich so gesprochen. Siehst du denn nicht ein, daß er, wenn er deinen Körper gesund machte, indem er dich einen Gegenstand anfassen ließ, dich auf dieselbe Weise auch umbringen kann?"

Da sagte der König Junan: „Du hast recht. Vielleicht

ist dieser Hakim als Spion hierhergekommen, um mich zu verderben. Hat er mich durch etwas, das er mich anfassen ließ, geheilt, so kann er mich auch durch etwas, das er mir zu riechen gibt, umbringen."

Der Wesir antwortete: „Schicke sofort nach ihm, und ist er hier, so schlag ihm den Kopf ab, dann hast du vor ihm Ruhe. Besser, daß du an ihm Treulosigkeit übst, als daß er es an dir tut."

Da sagte der König Junan: „Du hast recht, Wesir." Und er ließ den Hakim holen.

Fröhlich und nichts ahnend trat der Hakim ein. Der König jedoch redete ihn an: „Weißt du, weshalb ich dich habe kommen lassen?" Der Hakim antwortete: „Allah nur, der Erhabene, kennt das Verborgene." Darauf entgegnete der König: „Ich habe dich kommen lassen, um dir das Leben zu nehmen."

Der Hakim erschrak und fragte: „Weshalb, o König, willst du mich töten, und welche Schuld ist an mir offenbar geworden?" Der König antwortete ihm: „Man hat mir gesagt, du seiest ein Spion und nur hierhergekommen, um mich umzubringen; darum werde ich dir zuvorkommen und dich hinrichten lassen." Darauf rief der König den Scharfrichter und befahl ihm: „Schlag diesem Verräter den Kopf ab und befreie uns von seiner Tücke!"

Nun bat der Hakim: „Laß mich am Leben, so wird Allah dich am Leben lassen, töte mich nicht, daß Allah dich nicht tötet", und flehte ihn mit diesen Worten wiederholt an, wie ich es auch tat, o Ifrit, ohne daß du mich hörtest, sondern du wolltest mitleidlos meinen Tod.

Nun flehte der Hakim immer wieder: „Laß mich am

Leben, so wird dich Allah auch am Leben lassen." Als er sich jedoch, o Ifrit, davon überzeugt hatte, daß der König ihn ohne Gnade und Barmherzigkeit zum Tode verdammt hatte, sagte er: „Muß es denn sein, o König, daß ich sterben muß, so gewähre mir eine Frist, daß ich mich nach Hause begebe, meiner Familie mein Vermächtnis erteile und meine medizinischen Bücher verschenke. Ich habe darunter ein ganz besonderes Buch, das ich dir zum Geschenk machen will; verwahre es wohl in deiner Schatzkammer."

Da fragte der König den Hakim: „Was hat es mit diesem Buch auf sich?" Der Hakim erwiderte: „Eines seiner Geheimnisse ist dieses: Wenn du mir den Kopf hast abschlagen lassen, dann drei Blätter in dem Buch umschlägst und auf der linken Seite drei Zeilen liest, wird mein Kopf mit dir sprechen und auf alle deine Fragen Antwort erteilen."

Der König verwunderte sich hierüber aufs höchste und fragte ihn, indem er sich vor Freude schüttelte: „Hakim, wird dein Kopf wirklich sprechen, wenn ich ihn dir habe abschlagen lassen?"

„Gewiß, o König", antwortete er, „es ist eine wunderbare Sache."

Hierauf entließ der König den Hakim unter Bewachung nach Hause, damit er seine Geschäfte erledigte. Am nächsten Tag begab er sich dann wieder in den Diwan. Mit einem alten Buch und einem Büchschen Pulver trat er zum König, setzte sich nieder und rief: „Bringt mir ein Tablett!" Dann schüttete er das Pulver darauf, breitete es aus und sprach zum König: „Nimm dieses Buch, aber halte es still, bis mir der Kopf abgeschlagen ist, dann laß ihn auf das Tablett stellen und fest aufs Pulver drücken, bis das Blut zu fließen aufgehört hat, und öffne dann das Buch."

Als der Scharfrichter nun den Kopf abgeschlagen hatte und alles nach der Weisung des Hakims besorgt war, öffnete der König das Buch, fand aber, daß die Blätter zusammenklebten. Infolgedessen führte er den Finger zum Mund und schlug, nachdem er ihn mit Speichel genetzt hatte, das erste, zweite und dritte Blatt auf, die sich alle nur mit Mühe voneinander lösen ließen. Als er nun in dieser Weise bis zum sechsten Blatt gekommen war und nichts darauf geschrieben fand, sagte er: „Hakim, es steht nichts darin geschrieben." Da antwortete der Kopf des Hakims: „Schlag weiter um!" Der König blätterte darauf weiter um, aber schon war das Gift in ihn eingedrungen, so daß er plötzlich entseelt zu Boden sank.

„Wisse aber, o Ifrit", fuhr der Fischer fort, „wenn der König den Hakim am Leben gelassen hätte, würde ihn Allah auch verschont haben; da er jedoch nach seinem Tode trachtete, bestrafte ihn Allah ebenfalls mit dem Tode. So auch du, o Ifrit; hättest du mich am Leben lassen wollen, so würde ich dich jetzt ebenfalls verschonen. Nun aber werfe ich dich ins Meer, daß du in der Flasche eingesperrt umkommst."

Da schrie der Marid: „Fischer, tu's nicht! Laß mich aus Großmut am Leben und strafe mich nicht für meine Bosheit. Habe ich dir Böses zugefügt, so tue du Gutes."

Der Fischer aber versetzte: „Als ich dich zu erweichen suchte und mich vor dir erniedrigte, bliebest du hart und wolltest meinen Tod. Deshalb werfe ich dich ins Meer."

Nun bat ihn der Ifrit: „Laß mich los, ich schwöre, ich werde dir hinfort nichts Böses mehr zufügen, sondern dir einen Dienst von großem Nutzen erweisen, der dich dauernd reich macht." Da nahm ihm der Fischer einen Eid ab und öffnete die Flasche, worauf der Rauch wieder aufstieg und sich dann zusammenzog und wieder ein Ifrit von abschreckender Gestalt wurde. Mit einem Tritt stieß er die Flasche ins Meer.

Als der Fischer dies sah, glaubte er fest, daß sein Ende gekommen sei, und sprach: „O Ifrit, du hast geschworen, nicht Verrat an mir zu üben. Wenn du es tust, wird Allah es dir vergelten. Ich habe zu dir gesprochen wie der Hakim Rujan zum König Junan: Laß mich am Leben, so wird dich Allah auch am Leben lassen."

Der Ifrit lachte nur und rief, indem er voranschritt: „Folge mir, Fischer!", worauf dieser hinter dem Ifrit herschritt. Sie stiegen über einen Berg in eine weite Steppe hinunter, in deren Mitte sich ein See befand. Hier machte der Ifrit halt und befahl dem Fischer, sein Netz auszuwerfen und zu fischen. Der Fischer erblickte im See zu seiner Verwunderung weiße, rote, blaue und gelbe Fische. Er warf sein Netz aus und zog zu seiner Freude vier Fische, jeden von besonderer Farbe, heraus.

Nun sagte der Ifrit: „Begib dich mit diesen Fischen zum Sultan und mache sie ihm zum Geschenk, er wird dir dafür reichen Lohn zahlen. Fische aber täglich hier nur einmal — und damit Gott befohlen!"

Nach diesen Worten stampfte er auf den Boden, die Erde spaltete sich und verschlang ihn. Der Fischer begab sich nun in die Stadt und trug die im Topf zappelnden Fische auf seinem Kopf ins Schloß des Sultans, wie es ihm der Ifrit befohlen hatte. Vor den Sultan geführt, übergab er ihm die Fische. Der Herrscher war über sie höchst erstaunt, denn Fische von solcher Art hatte er noch nie gesehen. Er befahl, sie der Köchin zu übergeben, die ihm ein befreundeter König vor drei Tagen zum Geschenk gemacht, und der Wesir erhielt den Befehl, dem Fischer vierhundert Dinare zu geben.

Die Köchin reinigte die Fische, legte sie in die Pfanne und war eben im Begriff, sie auf die andere Seite umzukehren, als sich plötzlich die Küchenwand öffnete und ein schlank gewachsenes schönes Mädchen heraustrat, das um den Kopf ein blauseidenes Tuch, in den Ohren Ringe, Spangen an den Handgelenken und edelsteinbesetzte Ringe an den Fingern trug und in der Hand eine Bambusrute hielt.

Sie schritt an den Herd, stieß die Rute in die Pfanne

und sprach die Worte: „Ihr Fische, haltet ihr auch euren Schwur?"

Als die Köchin dies sah und hörte, fiel sie in Ohnmacht. Das Mädchen wiederholte seine Worte jedoch noch zweimal, worauf die Fische den Kopf aus der Pfanne hoben und antworteten:

„Kommst du wieder, so kehren wir auch wieder,
Bist du treu, so sind wir es auch;
Fliehst du aber, so tun wir ein Gleiches."

Hierauf stürzte das Mädchen die Pfanne um, verschwand, wie es gekommen war, und die Küchenwand schloß sich hinter ihm. Als nun die Köchin wieder zur Besinnung kam, stand auch schon der Wesir neben ihr und sagte: „Gib die Fische für den Sultan." Da fing sie an zu weinen und erzählte dem Wesir das Vorgefallene. Der Wesir wunderte sich, ließ den Fischer wieder holen und sprach zu ihm: „Fischer, du mußt uns noch einmal vier ganz gleiche Fische bringen."

Nun ging der Fischer wieder zum See hinaus, warf sein Netz aus und fing wieder vier Fische darin. Als er sie dem Wesir übergeben hatte, gebot dieser der Köchin: „Auf, brate die Fische vor mir, damit ich diese Sache mit eigenen Augen ansehe."

Die Köchin ging darauf ans Werk. Nach kurzer Zeit öffnete sich die Wand, das Mädchen erschien, stürzte die Pfanne mit der Rute um und verschwand wieder. Als es fort war, stand der Wesir auf und sagte: „Das darf dem Sultan nicht verborgen bleiben." Er trat vor den König und erzählte ihm, was sich zugetragen hatte.

Der Sultan erklärte: „Ich muß es mit eigenen Augen sehen", ließ den Fischer holen und befahl ihm, binnen drei Tagen vier Fische ganz gleich den ersten zu fangen.

Der Fischer brachte ihm sogleich die Fische, wofür er vom König wieder vierhundert Goldstücke erhielt. Dann wandte sich der König zum Wesir und befahl ihm: „Brate selber die Fische in meiner Gegenwart." Der Wesir antwortete: „Ich höre und gehorche", holte die Pfanne und legte die Fische hinein. Als er sie dann umwendete, spaltete sich plötzlich die Wand, und ein schwarzer Sklave, groß wie ein Stier, kam heraus. Er hielt in seiner Hand einen grünen Baumast und rief mit heller, markdurchdringender Stimme: „Fische, Fische, haltet ihr auch euren alten Schwur?", worauf die Fische wieder den Kopf aus der Pfanne hoben und den Vers sprachen:

„Kommst du wieder, so kehren wir auch wieder,
Bist du treu, so sind wir es auch;
Fliehst du aber, so tun wir ein Gleiches."

Dann trat der Sklave an die Pfanne heran, stürzte sie mit dem Ast um, daß die Fische zu schwarzen Kohlen verbrannten, und ging, von wo er gekommen war, wieder hinaus. Der Sultan meinte, mit den Fischen müßte es eine ganz besondere Bewandtnis haben, ließ den Fischer holen und fragte ihn: „Woher hast du die Fische?" Der Fischer erwiderte: „Aus einem See zwischen vier Hügeln hinter dem Berg, der sich außerhalb der Stadt erhebt."

Nun fragte der Sultan den Fischer weiter: „Wie viele Tagereisen von hier?" Der Fischer antwortete: „Ach, mein Herr und Sultan, nur einen halben Tag." Der Sultan ließ sich mit seinem Gefolge dorthin führen. Hinter dem Berg stiegen sie in eine weite Steppe hinunter, die sie bisher noch nicht gesehen hatten. Als sie auch den See zwischen den vier Bergen und die roten, weißen, gelben und blauen Fische darin erblickten, verwunderte sich der Sultan samt den Truppen und fragte sie und die anderen Begleiter: „Hat einer von euch früher diesen See hier gesehen?" Alle erwiderten: „Nein." Darauf sagte der König: „Bei Allah, ich betrete nicht eher wieder meine Stadt und setze mich auf den Thron meines Reiches, als bis ich weiß, wie es sich in Wahrheit mit diesem See und seinen Fischen verhält."

Er befahl seinem Gefolge, rings um die Hügel zu lagern. Als sie die Zelte aufgeschlagen hatten, ließ er seinen Wesir rufen: „Ich beabsichtige, mich noch heute nacht allein auf den Weg zu machen, um über diesen See und die Fische Nachforschungen anzustellen. Setze du dich in den Eingang meines Zeltes und sage meinen Leuten: ‚Der Sultan ist krank und hat mir Befehl erteilt, niemandem den Eintritt zu ihm zu gestatten.' Keinem aber teile etwas von meinem Vorhaben mit."

Der Sultan gürtete sein Schwert um und machte sich unbemerkt auf den Weg. Er wanderte die Nacht über bis zum Morgen um den See, bis er etwas Schwarzes in der Ferne schimmern sah. Als er ihm nahe gekommen war, sah er, daß es ein aus schwarzen Steinen erbautes und mit Eisenplatten bedecktes Schloß war, dessen einer Torflügel offenstand. Er schritt beherzt durch das Schloßtor in die Vorhalle. Hier rief er laut: „Ihr Schloßbewohner, hier steht ein fremder Wandersmann, habt ihr etwas Zehrung für ihn?" Zum zweiten und dritten Male wiederholte er diese Worte; doch da er keine Antwort erhielt, trat er aus der Vorhalle tiefer ins Schloß hinein. Auch dort fand er niemanden, sah aber Teppiche ausgebreitet und in der Mitte einen Springbrunnen mit vier Löwen aus rotem Gold, die das Wasser gleich Perlen und Edelsteinen aus ihren Rachen spien. Vögel flatterten umher, die durch ein hochgespanntes Netz am Fortfliegen gehindert waren. Über all dies verwundert, doch bekümmert, daß er niemanden sah, der ihm über den See, die Fische, die Berge und das Schloß hätte Auskunft geben können, setzte er sich nieder. Da hörte er plötzlich ein Seufzen aus bekümmertem Herzen und dann ein Lied mit der Klage:

„O Schicksal, du hast kein Erbarmen mit mir und verschonst mich nicht!"

Der Sultan sprang auf und ging in Richtung der Stimme vor; durch einen Vorhang trat er in einen Saal und erblickte hier auf einem Polster einen Jüngling von trefflichem Wuchs, gekleidet in ein seidenes, goldgesäumtes Gewand. Sein Antlitz war jedoch von Kummer gezeichnet.

Der Sultan sagte: „O Jüngling, gib mir doch Auskunft über den See, die farbigen Fische, über dieses Schloß und warum du ganz allein hier bist."

Als der junge Mann diese Worte vernahm, flossen ihm Tränen über die Wangen, so daß der Sultan bestürzt fragte: „Warum weinst du, Jüngling?" Er antwortete: „Soll ich nicht weinen, wenn ich mich in diesem Zustand befinde?" Dabei streckte er seine Hand nach dem Saum seines Gewandes aus und hob es auf. Da sah der Sultan, daß die untere Hälfte seines Körpers Stein war. Der Jüngling erzählte:

Die Geschichte des versteinerten Prinzen

Wisse, o Sultan, mit diesen Fischen hat es eine wundersame Bewandtnis. Mein Vater Mahmud war Herrscher in der Stadt, die hier stand, er war Herr der schwarzen Inseln und jener vier Berge. Nachdem er siebzig Jahre regiert hatte, segnete er das Zeitliche.

Da wurde ich Herrscher und verheiratete mich mit meiner Base. Ich glaubte, daß sie mich so innig liebte, wie sie vorgab. Doch nach fünf Jahren, die ich mit ihr verbracht hatte, mußte ich erfahren, daß sie eine böse Zauberin war und hinter meinem Rücken schändliche Dinge trieb. Als ich mich eines Abends wie gewöhnlich zur Ruhe legte, befahl ich zwei Sklavinnen, mir das Gesicht zu fächeln, worauf sich die eine mir zu Häupten, die andere zu Füßen setzte. Mit geschlossenen Augen, aber wachen Geistes hörte ich nun, wie die Sklavin, die mir zu Häupten saß, die andere Sklavin zu meinen Füßen anredete und sprach:

„Ach, Masude, unseres Herrn Jugend ist doch arm; wie leid er mir tut um unserer verworfenen, sündigen Herrin willen! Unser Herr ist doch sehr sorglos, daß er sie nicht zur Rede stellt." Die andere erwiderte: „Weiß unser Herr denn, was sie treibt? Sie vermischt den Trank, den er jede Nacht vor dem Schlafengehen zu sich nimmt, mit Mohn und Haschisch, so daß er fest schläft und nicht weiß, was vorgeht, wohin sie geht und was sie treibt. Erst in der Morgendämmerung kommt sie wieder und brennt ein Räucherwerk vor seiner Nase ab, daß er aus dem Schlaf erwacht."

Als ich dieses Zwiegespräch der beiden Sklavinnen hörte, ward das Licht vor meinem Angesicht Finsternis, und ich konnte kaum die Nacht erwarten. Den Schlaftrunk, den sie mir wie gewöhnlich reichte, goß ich fort. Ich stellte mich schlafend und folgte ihr heimlich. An dem Ort ihres ruchlosen Treibens hob ich das Schwert. Sie aber sprang auf, sprach etwas, was ich nicht verstand, und rief dann: „Ich verwandle dich durch meinen Zauber zur Hälfte zu Stein!", worauf ich so wurde, wie

du mich siehst, daß ich nicht stehe und nicht liege, nicht tot bin und nicht lebe. Hierauf verzauberte sie die ganze Stadt mit ihren Straßen und Feldern zu einem See und ihre Bevölkerung, die aus vier Zünften bestand, nämlich Moslems, Christen, Juden und Magiern, zu Fischen, so daß die Moslems zu weißen, die Magier zu roten, die Christen zu blauen und die Juden zu gelben Fischen wurden und die vier Inseln zu vier Bergen um den See. Seit jener Zeit gibt sie mir jeden Tag mit einer Geißel aus Riemen hundert Schläge."

Nach dieser Erzählung hob der junge Mann wieder zu weinen und zu stöhnen an. Hierauf sprach der Sultan zu ihm: „Sag an, wo ist dieses Weib?" Er antwortete: „In jenem Haus, in dem ihr Buhle, den ich verwundet habe, liegt. Jeden Tag in der Morgenfrühe bringt sie ihm Getränke und Speisen." Der Sultan antwortete darauf: „Bei Allah, junger Mann, ich will dir einen Freundschaftsdienst erweisen."

Der Sultan wartete bis zum Morgengrauen. Dann schnallte er sein Schwert um und ging zu dem Ort, an dem sich der kranke Buhle befand. Er sah dort die Kerzen und Lampen, das Räucherwerk und die Salben, schritt jedoch geradewegs auf ihn los und hieb ihn nieder. Darauf warf er ihn in einen Brunnen im Schloßhof. Dann legte er sich die Sachen des Getöteten an, das blanke Schwert zur Seite. Nach einer Weile kam die buhlerische Zauberin mit einem Becher voll Wein und einer Schale Brühe und fragte: „Ist mein Herr endlich gesund?" Worauf der Sultan mit dumpfer, schwacher Stimme sprach: „Du Buhlerin verdienst gar nicht, daß ich mit dir rede." Sie fragte: „Und warum nicht?" Der Sultan versetzte: „Weil du deinen Gatten schlägst; sein Klageschreien und seine Hilferufe hindern mich am Schlaf. Sonst wäre ich schon längst wieder gesund geworden. Befreie ihn und verschaffe uns beiden Ruhe!" Sie erwiderte: „Ich höre und gehorche."

Sie füllte eine Schale mit Wasser und sprach darüber einige Worte, worauf das Wasser wie in einem siedenden Topf zu brodeln begann. Damit besprengte sie ihren Gatten und sprach: „Bei der Wahrheit dessen, was ich gesprochen habe, verlaß diese deine Gestalt und nimm wieder deine frühere an!"

Da schüttelte sich der Jüngling, sprang auf die Füße und rief vor Freude über seine Befreiung: „Ich bezeuge es, es gibt keinen Gott außer Allah, und Mohammed ist sein Prophet — Gott segne ihn und spende ihm Heil!" Sie aber schrie ihn an: „Mach, daß du fortkommst, und kehre nie wieder hierher zurück, sonst büßt du es mit dem Leben!"

Darauf ging er von ihr fort; sie aber begab sich wie-